Dois continentes, quatro gerações

BETI ROZEN E PETER HAYS

Ilustrações de Julia Back

Este livro é dedicado a todos os membros da família Rozencwajg, especialmente Ester, que realizou sua jornada da Polônia ao Brasil e compartilhou conosco suas memórias. Embora esta história seja um trabalho de ficção, ela não seria possível sem eles.

B. R.
P. H.

© Editora do Brasil S.A., 2016
Todos os direitos reservados
Texto © Beti Rozen e Peter Hays
Ilustrações © Julia Back
Este livro tem versões em inglês (*Two continents, four generations*, 2010) e em espanhol (*Dos continentes, cuatro generaciones*, 2009) e foram editados pela Panamericana Editorial.

Direção geral: Vicente Tortamano Avanso
Direção adjunta: Maria Lúcia Kerr Cavalcante de Queiroz

Direção editorial: Cibele Mendes Curto Santos
Gerência editorial: Felipe Ramos Poletti
Supervisão de arte e editoração: Adelaide Carolina Cerutti
Supervisão de controle de processos editoriais: Marta Dias Portero
Supervisão de direitos autorais: Marilisa Bertolone Mendes
Supervisão de revisão: Dora Helena Feres
Consultoria de iconografia: Tempo Composto Col. de dados Ltda.

Coordenação editorial: Gilsandro Vieira Sales
Assistência editorial: Paulo Fuzinelli
Auxílio editorial: Aline Sá Martins
Coordenação de arte: Maria Aparecida Alves
Produção de arte: Obá Editorial
    Edição e projeto gráfico: Mayara Menezes do Moinho
    Editoração eletrônica: Carol Ohashi
Coordenação de revisão: Otacilio Palareti
Revisão: Sylmara Beletti
Coordenação de produção CPE: Leila P. Jungstedt
Controle de processos editoriais: Bruna Alves
Coordenação de iconográfica: Léo Burgos
Pesquisa iconográfica: Douglas Cometti

Dados Internacionais de Catalogação na Publicação (CIP)
(Câmara Brasileira do Livro, SP, Brasil)

Rozen, Beti
    Dois continentes, quatro gerações/Beti Rozen e Peter Hays;
ilustrações de Julia Back. – São Paulo: Editora do Brasil, 2016.
    – (Coleção histórias da história)

            ISBN 978-85-10-06327-2

1. Ficção juvenil I. Hays, Peter. II. Back, Julia. III. Título.
IV. Série.

16-04755   CDD-028.5

Índice para catálogo sistemático:
1. Ficção: Literatura juvenil   028.5

1ª edição / 2ª impressão, 2024
Impresso na Forma Certa Gráfica Digital

Avenida das Nações Unidas, 12901
Torre Oeste, 20º andar
São Paulo, SP – CEP: 04578-910
www.editoradobrasil.com.br

No meio da dificuldade
encontra-se a oportunidade.

Albert Einstein

Capítulo 1

NOVA JERSEY, EUA, 2004

Louis odiava História. Por que era importante saber o que um monte de gente morta estava fazendo muito antes de você nascer? A História poderia te ajudar a ganhar mais dinheiro quando você fosse adulto? Claro que não. Ele achava História uma coisa chata. Então, por que a professora estava forçando a sala do quinto ano a fazer essa tarefa estúpida?

Com uma cola em mãos e uma cartolina verde aberta no chão da sala de aula, Louis estava quase terminando de fazer uma bandeira do Brasil, copiada de um livro de imagens. O centro da bandeira precisava de um losango amarelo; nele havia um círculo azul com estrelas. Ele colou o emblema finalizado no centro da cartolina verde retangular.

Ele sempre gostara de imagens do espaço, então pelo menos essa parte da tarefa era divertida. E, além do mais, por causa dela, eles escaparam da aula de álgebra daquele dia. No meio do círculo azul, de um lado ao outro, ele cuidadosamente escreveu "ordem e progresso". A bandeira estava pronta.

Louis se lembrava de suas várias visitas ao Brasil, especialmente ao Rio de Janeiro. Sua mãe nascera e vivera lá até imigrar para os Estados Unidos. Ele falava português fluentemente – quer dizer, quando assim queria. Inglês era muito mais fácil. O pai de Louis crescera na Califórnia, então o garoto falava inglês como um nativo.

Ele não era o único fazendo uma bandeira ao lado da bandeira dos Estados Unidos. Vários outros alunos faziam a mesma coisa: um fazia a bandeira coreana, outro a israelense, um outro ainda fazia a francesa. Outros países representados eram Itália, Índia, Argentina, Inglaterra, Japão, Honduras e Colômbia. Aproximadamente 35 bandeiras de cartolina estavam espalhadas pelo chão de azulejo cinza da sala de aula.

A maioria das crianças na escola de Louis tinha pais imigrantes. Muitas delas eram bilíngues, o que era encorajado por sua comunidade multicultural em Nova Jersey, cidade vizinha de Nova York. Alguns brincavam dizendo que a escola era meio que uma ONU.

A professora de Louis admirava suas duas bandeiras. Ela não tinha sardas nem bochechas rechonchudas como Louis, mas seu cabelo castanho-claro e seus olhos azuis eram parecidos com os dele. Há pouco tempo ela havia contado à sala sobre seus bisavós. Quase cem anos antes, eles haviam imigrado da França para os Estados Unidos. Mesmo que não adorasse História, Louis gostava da professora.

– Sua mãe é brasileira? – ela perguntou, de maneira agradável.

– Sim – ele balbuciou, esperando não ter que dizer mais nada.

– Sobre qual família você vai escrever? A da sua mãe ou a do seu pai?

– Não sei.

– Sua mãe veio para cá recentemente, então escreva sobre a família dela. Ok?

Louis fez que sim com a cabeça.

A professora se virou para a sala:

– Atenção, pessoal. Não se esqueçam de entrevistar seus pais sobre seus avós. Além disso – prestem atenção! –, descubram o que seus pais sabem sobre seus bisavós. E não se esqueçam de vocês mesmos. No total, são quatro gerações.

Se ele pudesse escrever só sobre si mesmo, Louis pensou, essa tarefa seria bem mais fácil.

– E lembrem-se – a professora continuou – dez páginas.

Alguns ruídos de surpresa escaparam dos alunos atordoados. Os olhos de Louis se arregalaram, mas tentou esconder seu choque quando a professora se voltou novamente para ele.

– O que fez sua mãe escolher vir para cá?

Louis deu de ombros; ele nunca pensara em perguntar. Sua mãe adorava o Brasil. Às vezes ele se perguntava por que ela o deixara.

Capítulo 2

NOVA JERSEY, EUA, 2004

Arroz e feijão não era seu prato favorito. Era uma obrigação, uma que ele estava disposto a aturar. Louis colocou uma pequena colherada de cada no prato. A não ser por um item, o jantar estava ok naquela noite: peixe frito, cenoura, arroz, feijão... e brócolis. Ele odiava brócolis. O monte de arvorezinhas caídas ficava empilhada em seu prato como uma ilha. Quando será que sua mãe iria se tocar?

Pelo menos ela serviu pão de queijo. Enquanto comia com gosto seu salgado predileto, Louis se lembrou de sua tarefa. Ele hesitou antes de perguntar com uma voz insossa e desinteressada:

– Por que você veio para os Estados Unidos? – e depois acrescentou: – Tenho que fazer um trabalho para a escola.

– Sobre a história da sua família?

– Sim – Louis deixou escapar.

– Você tem que escrever sobre a história da sua família? – sua mãe parecia mais interessada do que ele.

Fazer bandeiras era legal. Esse trabalho, não. Talvez ele estivesse sonhando acordado quando sua professora passou a tarefa. Eles tinham cinco semanas para fazê-la, mas precisava ter dez páginas? Isso era cruel, uma tortura do pior tipo! Ele ficou amuado.

– Como eu cheguei aqui é um pouco complicado – a mãe respondeu.

Como sempre, ela insistia em falar em português com Louis, mesmo que ele respondesse em inglês. Ela falava em inglês apenas com o pai de Louis, mas nunca com ele. O sotaque dela era de brasileira, mas alguns achavam que parecia de israelense. E, por parecer europeia, alguns também achavam que ela era do sul do Brasil, não do Rio de Janeiro.

Seu tom de pele era um pouco mais escuro que o de seu filho, graças às várias visitas à praia, e fora dela que Louis puxara as bochechas rechonchudas. Seu cabelo castanho tinha um tom avermelhado que combinava com seus olhos castanhos. Mas os olhos de Louis tinham o formato dos de seu pai.

– Morei um tempinho em Israel – ela finalmente continuou. – Lá eu conheci uma mulher romena que depois me apresentou a um diplomata americano que era da Virgínia. Ele me convidou para visitar os Estados Unidos.

"Que chato", Louis pensou. Mas, em vez disso, ele disse:

– Israel?

– Fui para lá como parte de um programa para profissionais de uma organização sionista – ela disse. – Isso foi quando eu ainda trabalhava como economista. Não foi fácil aprender hebraico.

Louis sabia dessa luta com o hebraico. Seu *bar mitzvah* aconteceria dali a três longos anos.

– Também morei num *kibutz*.

– Num *kibutz*?

– Eles não são mais muito comuns hoje em dia – ela disse, sorrindo e olhando para a parede. Louis notou que ela fazia muito isso ao se recordar de algo.

– Meu pai sempre sonhara em ir para Israel – ela continuou. Agora ela parecia triste.

– Ah! – a mãe exclamou. – Um momento.

Ela se levantou num pulo e saiu da cozinha. Louis ficou. Ele usou a colher como empilhadeira para içar pequenos pedaços de brócolis em um canto do prato.

Alguns minutos depois, a mãe voltou. Ela mostrou a ele uma folha de papel.

– Escrevi este poema logo depois que você nasceu – ela disse. – Se chama *Se vovô fosse vivo*.

Colocando os óculos, ela o leu:

SE VOVÔ FOSSE VIVO

O que ele diria se me visse?
Será que ele choraria?
Acho que ele daria um sorriso.
Ele cuidaria de mim
com muito carinho.

Ele me contaria histórias
sobre a Polônia,
sobre seu pônei.
Eu queria poder cavalgar com o vovô.

Será que eu cairia?
Acho que não.
Mas e se caísse?
Ele me seguraria
com muito carinho.

Ele me ensinaria
a vender.
Vender o quê?
Tudo.
De móveis a livros,
até mesmo ideias.

Se vovô fosse vivo,
Ele iria gostar de andar comigo na praia.
Tomando água de coco
e me apresentando a todos os seus amigos:
– Este é meu neto.

Mas vovô não está vivo,
E tudo o que restou foram as memórias da mamãe
e um nome, em uma língua estranha,
que carrego comigo.

Obrigado, vovô Luiz ou Lejzer.
Eu sou o Louis Philippe;
Carrego esse nome com muito orgulho.

Louis nunca havia ouvido esse poema. O vovô Lejzer morrera antes de ele nascer. Ele reconheceu a praia de Copacabana; uma vez ele construíra um castelo de areia lá com seu amigo Gabriel, que não falava inglês. O português fluente de Louis era o que possibilitava a amizade deles.

– Por que o poema fala da Polônia? – Louis perguntou.

– Seu avô deixou a Polônia e foi para o Brasil – a mãe respondeu.

– É mesmo?

– Eu já te contei isso – ela disse com um tom de irritação. – As tias Estera e Frajda também saíram de lá e foram para o Brasil.

– Não contou não – retrucou Louis.

– Claro que contei – ela disse. – Você tem ascendência polonesa.

– Ah, é – ele murmurou. Talvez ela tivesse mesmo dito aquilo.

– Não se esqueça de quem você é, nem de onde vem – ela disse. Talvez tivesse percebido a indiferença dele. Louis concordou com a cabeça.

Ele poderia facilmente ter esquecido daquilo e mudado de assunto. Mas não foi o que fez. Algo o deixou curioso. Era parecido com aquela "vontade" enorme que às vezes dava de colecionar cartas de Pokémon ou de Yu-Gi-Oh!, ou de comprar aquelas canetas com carinhas. Ele ficou obcecado, pensando constantemente naquilo. Além disso, havia aquele trabalho de dez páginas.

– Por que meu avô deixou a Polônia?

Outra pausa. Louis observou a mãe olhando fixamente para o carpete. Ela parecia perdida em pensamentos.

– Um acidente – ela respondeu.

Capítulo 3

PIASKI, 1934

— Ei, vocês dois! Saiam daí! – a vizinha esganiçou, num tom agudo intenso e assustador. – Vocês não têm respeito pelos mortos?

– Droga – Lejzer Rozencwajg sussurrou para Simon. – É a Linguiça Velha. Como ela nos viu?

– Eu te falei que era pecado – Simon respondeu em voz baixa.

– Não conte a ninguém, senão não vão deixar você ser rabino quando crescer.

– Eu não quero ser rabino! – Simon retrucou de volta, apesar de sempre falar com calma e respeitosamente, como um rabino deve. Ele era o melhor amigo de Lejzer e o melhor aluno da aula de hebraico. Todo mundo achava que ele se tornaria um rabino.

Alto, magrinho e de cabelo curto, Lejzer havia desabrochado no último ano. O mesmo acontecera com Simon, cujos cabelos agora pareciam mais escuros que antes, destacando seus olhos castanhos. Houvera um tempo em que os dois garotos de oito anos conseguiam se esconder atrás de duas lápides de tamanho médio. Agora já não era mais o caso.

– Se você não sair daí agora, Lejzer Rozencwajg, vou contar para seus pais! – a Linguiça Velha advertiu severamente.

Ela o reconhecera. Era isso.

Os dois garotos saíram em disparada do pequeno cemitério judaico de Piaski. Eles se esquivaram com cuidado das lápides, incluindo as dos parentes de Lejzer. O único momento interessante do funeral de sua tia-avó no ano anterior fora quando seu pai lhe mostrara quantos túmulos pertenciam à família.

Apesar de estar sendo rápido e cuidadoso ao mesmo tempo, como se isso realmente fosse possível, Lejzer rasgou um pequeno pedaço da manga esquerda de sua camisa no portão enferrujado do cemitério. "Mamãe vai me matar", ele pensou. Ele só tinha mais uma camisa além daquela. Deveria mentir? Normalmente ele dizia a verdade, mas...

Lejzer e Simon praticamente mergulharam atrás do poço sustentado por uma armação de madeira que havia na cidade. Uma estrutura cilíndrica com um telhadinho pontudo sobre suas cabeças, o poço era maior que uma lápide – muito melhor para se esconder. Havia até mesmo um gazebo grande e quadrado para protegê-lo. Agora, a duas quadras do cemitério, eles estavam a salvo da Linguiça Velha, fora do campo de visão dela.

– Meu pai! – gritou Lejzer.

Eles se agacharam atrás do poço circular e se moveram ao redor dele para não serem vistos por uma *van* que passava e que pertencia ao pai de Lejzer. Havia apenas seis veículos em Piaski e aquele era o segundo maior deles. Podia transportar até oito passageiros e Lejzer gostava de andar nele. Ele reconheceu o som: um "vrum-vrum-vrum" constante, muito parecido com a manivela que girava e girava e girava quando a família fazia sorvete.

O sorvete dava muito trabalho: um pouco de leite, um pouco de creme, de açúcar, de sal-gema... E então, misturar tudo. Misturar muito. Lejzer gostava de girar a manivela de aço. Estera, sua irmã de doze anos, também. Frajda, a mais nova, de dois anos, costumava se cansar depois de duas voltas. Quando os braços de todos ficavam cansados, o pai de Lejzer tinha que terminar o trabalho.

Lejzer já ouvira muitas vezes que sua mãe e seu pai eram donos da melhor sorveteria de Piaski. As crianças da cidade adoravam o período entre maio e setembro, quando havia bastante sorvete. Algumas queriam tomar em dezembro ou janeiro, quando a Polônia inteira estava congelando. Lejzer também adorava as outras coisas que sua mãe vendia na loja, como os confeitos, a água mineral gasosa, os docinhos e as frutas.

Srul Rozencwajg saiu de sua *van* estacionada. Ele era alto, forte e seus cabelos tinham um tom acastanhado. Enquanto se escondia atrás do poço, o filho notou que o pai parecia cansado.

– Estou indo para casa – Lejzer disse a Simon. Sua barriga já ansiava pelo sorvete que tomaria depois do jantar. Os dois garotos acenaram um para o outro rapidamente em despedida e se foram.

A casa de Lejzer era pequena e branca, revestida de tijolos vermelhos nos cantos exteriores e em volta da porta de entrada. Só para se divertir, Lejzer se esgueirou silenciosamente por trás. Assim ele poderia entrar pela porta da cozinha.

Lejzer gostaria que seu pai passasse mais tempo em casa. Durante o ano inteiro, Srul ia e voltava de Lublin várias vezes. Dos sete mil habitantes de Piaski, cerca de cinco mil eram judeus, e muitos deles tinham parentes na grande cidade de Lublin, onde a comunidade judaica era bem maior. Por isso, transportar passageiros era um ótimo negócio, especialmente às sextas-feiras antes do *Shabbat* ou aos domingos, quando os judeus mais religiosos podiam andar em veículos novamente. Lejzer via seu pai mais aos sábados, depois da soneca da tarde. Horas de sono eram difíceis de seu pai conseguir.

Antes de entrar de fininho na cozinha, Lejzer se escondeu atrás de um dos lados da casa. Ele planejava surpreender o pai. Mas, a menos de um metro da porta, Srul parou.

– Meu presente! – Srul murmurou para si mesmo, alto o suficiente para que Lejzer o ouvisse.

O pai de Lejzer costumava trazer flores para sua mãe. Rosas eram suas favoritas, mas ela gostava de perfumes também. Às vezes, Lejzer e suas irmãs também ganhavam presentes da rua Grodzka, em Lublin.

Enquanto seu pai voltava à *van* estacionada do outro lado daquela calma rua do bairro, Lejzer colocou o plano em prática. Ele se apressou em direção à porta dos fundos. E então, por um momento, ele parou. Ele se sentiu meio tonto; algo não estava bem. Era estranho. Mas ele deu de ombros e entrou na cozinha.

Tauba, sua mãe, estava cozinhando. Batatas doces, as favoritas de Lejzer, estavam no forno.

Ele farejou o ar.

– Quando o jantar fica pronto?

– Quando você terminar de pôr a mesa – a mãe respondeu.

Ele ficou amuado. Isso que dá quando se faz a pergunta errada à mamãe.

Ela logo fixou a atenção em algo:

– O que houve com a manga da sua camisa?

– Ahn?

– A manga da sua camisa. Por que está rasgada?

Lejzer congelou. Como ele explicaria aquilo?

Mas ele não precisou. Um grito petrificou-o, um gemido que vibrou em seu peito. Lejzer olhou para sua mãe. Ela parecia horrorizada. O gemido não cessava.

Tauba correu para a porta da frente. Lejzer seguiu-a.

Alguns vizinhos haviam colocado a cabeça para fora das janelas de suas pequenas casas. Outros correram para fora. Ninguém viu. Absolutamente ninguém. Mas todos que moravam perto da pequena quadra do bairro haviam ouvido.

O freio da *van* tinha soltado? Como? Srul não conseguia falar. A dor pulsante em seu pé direito era demais. Ele tentou se levantar, mas foi impossível. Ele imediatamente caiu na rua suja. Tauba se apressou até ele e, apesar dos protestos barulhentos do marido, tirou o sapato dele. E então ela viu. Lejzer também. O osso do pé direito de Srul estava quebrado. A *van* havia passado por cima dele. Em poucos minutos ele inchou, ficando duas vezes maior que o normal, numa feia mistura de azul e roxo.

Capítulo 4

PIASKI, 1934

— Não posso ficar deitado aqui o dia todo! Minhas costas doem – Srul reclamou.

De novo, ele lutou para sair da cama e colocar peso em seu pé machucado.

Tauba entrou correndo no aconchegante quarto deles.

– Fique deitado – ela ralhou.

Srul ignorou a esposa. Apertando os dentes, ele tentou se levantar. Mas a dor excruciante em seu pé forçou-o a cair de volta na cama.

Ele suspirou.

– Mais dois meses assim?

– Talvez ainda mais – disse Tauba. – Parece que piorou.

– Mas devia ter melhorado com a cirurgia – Srul continuou, tentando novamente se levantar.

– Você quer que melhore logo ou do jeito certo? – disse Tauba, tentando ajudá-lo.

– Quando tiver melhorado, vamos estar falidos!

Ele desistiu e se ajeitou novamente na cama.

A dor persistia dia e noite, com uma pulsação irritante em seu pé. Havia momentos em que ele não pensava em mais nada. Cada segundo parecia uma eternidade. Se tivesse sorte, ele poderia mancar pela casa por um ou dois minutos, usando um par de muletas caseiras feitas com galhos caídos de alguma árvore.

O médico insistira: chega de usar o banheiro externo. A família tolerava o cheiro do pequeno balde de madeira que ficava no quarto. Isso dava às crianças uma desculpa para ficarem fora da casa.

Já era tarde quando o médico finalmente bateu à porta, tão forte que parecia que ia quebrá-la. O único médico de Piaski era baixo, careca e sempre fora estrábico. Lejzer achava que aquele homem grosseiro parecia um gorila, com suas narinas grandes e peludas sempre se alargando.

Lejzer esticou o pescoço pela porta para espiar dentro do quarto apertado dos pais. Estera, sua irmã mais velha, fazia o mesmo do lado oposto da porta.

Ignorando todos, Frajda, de dois anos, brincava com blocos de madeira no chão da sala aconchegante. Ela colocou um em cima do outro cuidadosamente. Depois, pegou seus cabelos castanhos e compridos e usou-os para chicotear a pequena torre, fazendo-a cair.

O médico cutucava o pé de Srul, medonho e cheio de hematomas.

– Ai – pronunciou Srul, tentando não gritar.

– Esse tempo frio. Problema grande. Muito grande. Muito ruim para o seu pé – disse o médico, com um tom de reprovação.

– É o que ele sempre diz – Estera sussurrou para Lejzer. Eles se demoravam do lado de fora do quarto, tentando ouvir o que se passava.

Com doze anos, Estera era a mais velha dos três filhos. Alta para sua idade, ela era magra e seus cabelos castanhos e cacheados combinavam com seus olhos. Lejzer gostava muito de Estera. Ela costumava contar a ele o que seus pais estavam realmente pensando quando se recusavam a dizê-lo. A irmã mais velha sempre sabia.

Enfiando seus instrumentos médicos de volta na mala, o médico com cara de gorila fez um diagnóstico:

– Você precisa morar em um lugar de clima mais quente. O clima tropical seria o ideal. Com nossos longos invernos, seu pé nunca irá se curar do jeito certo.

E tendo dito isso, o gorila se embrulhou em um casaco longo e grosso e murmurou:

– Quem me dera morar num lugar mais quente.

Ele se despediu e, numa pose arrogante, saiu pela porta. Sozinha, Tauba disse em tom de deboche:

– Rá. Morar num lugar de clima quente, ele disse. Simples assim.

Lejzer percebeu que sua mãe estava a ponto de explodir. Ele e Estera continuaram ouvindo.

– Em que lugar mais quente que aqui podemos viver? – disse Srul, agora berrando. Até Frajda se desligou de seu mundo de blocos.

– Fui ao médico um monte de vezes em Lublin, incluindo duas visitas para cirurgia – Srul continuou. – Vamos ficar pagando essas porcarias de despesas médicas pelo resto da vida...

– Shhh! – advertiu Tauba, fechando a porta para tentar amortecer o som dos gritos. Ela não tolerava nenhum tipo de xingamento. Ainda em pé, de lados opostos da porta do quarto, Estera e Lejzer encostaram as orelhas na parede de gesso para continuar ouvindo.

A voz abafada de Srul continuava vociferando:

– Como vamos nos mudar? Não temos dinheiro!

– Então faça algo a respeito – disse Tauba, que falava baixinho, mas num volume que ainda dava para seus filhos ouvirem. – Você não vai poder trabalhar se seu pé não sarar nunca.

Silêncio. Lejzer e Ester olharam rapidamente um para o outro e em seguida para a porta fechada do quarto. Frajda bateu um bloco em outro. O som a fez sorrir.

Lejzer estava nervoso. Estera explicara a ele na semana anterior por que os pais haviam sido forçados a vender a sorveteria. Aquilo era muito decepcionante. O garoto dissera que poderia trazer mais dinheiro para casa se ajudasse os vizinhos, mas seus pais insistiam que ele ficasse na escola.

O silêncio continuava. Lejzer olhou para fora, através da janelinha da cozinha. Ele viu alguns flocos de neve caindo lentamente. Era a primeira neve daquele inverno.

– Brasil! – seu pai gritou. Sua voz fez os pratos na cozinha tremerem.

Lejzer olhou para Estera. Ela estava tão confusa quanto ele.

– Brasil? O que tem o Brasil? – disse Tauba.

Finalmente, ela abriu a porta do quarto outra vez. Os filhos, curiosos, lançaram olhares atentos para dentro. Lejzer notou que o pai sorria.

– Tenho uma tia que mora no Brasil! – Srul explicou. – Ela se mudou para lá há uns dez ou quinze anos. Ela pode nos ajudar.

– Como chegaríamos no Brasil? – perguntou Tauba.

Mais silêncio se fez e então Srul respondeu:

– Se eu conseguir juntar dinheiro suficiente, vou para o Brasil antes. Lá eu vou trabalhar e depois mandar dinheiro para você e as crianças. Será melhor se deixarmos a Polônia.

Articulando as palavras em voz baixa, Lejzer tentou perguntar à irmã mais velha onde ficava o Brasil, mas os termos "Brasil" e "deixarmos a Polônia" haviam tomado conta de Estera. Seus olhos começavam a ficar marejados e ela parecia horrorizada.

Aquilo fez Lejzer pensar que ela sabia exatamente onde ficava o Brasil. Era longe, bem longe – um mundo completamente diferente.

Capítulo 5

NOVA JERSEY, EUA, 2004

Louis achava o passado chato, mas ele estava curioso. Aquilo o deixara intrigado. Ouvir sobre Piaski e o acidente fez com que ele lançasse a pergunta:

– O bisavô Srul ficou bem?

– Uma *van* de quase uma tonelada tinha passado por cima do pé dele – disse sua mãe, que hesitara antes de responder.

Eles estavam sentados à mesa de jantar, saboreando um sorvete delicioso – uma ideia brilhante dela. Ela pegou mais um pouco e Louis, fazendo barulho, engoliu uma colherada cremosa coberta de calda de chocolate.

Ele tentava imaginar os hematomas e o inchaço. Ai! Ele se encolheu.

– O bisavô parou de dirigir? – perguntou Louis.

– Ele não teve escolha. O pé não sarava, as despesas eram altas.

Louis pensou e, então, perguntou:

– Ir para o Brasil fez o pé dele melhorar?

A mãe olhou em seus olhos, procurando algo além do fato de ele precisar limpar as bochechas sujas de sorvete. Então disse finalmente:

– Se eles não tivessem ido, você e eu não estaríamos aqui agora – ela tomou mais um pouco do sorvete.

Fez-se um silêncio. Louis olhava fixamente para o resto de sorvete de chocolate em sua tigela, deixando-o derreter. Ele estava atordoado. E se, por causa de coisas que aconteceram ou não há muito tempo, ele não tivesse nascido?

– A Polônia é diferente do Brasil?

– A cultura polonesa é muito diferente. Piaski era quase inteira judaica e o Brasil é quase inteiro católico. Não foi fácil para eles se adaptarem – a mãe disse. Ela deu outra colherada no sorvete de chocolate e então acrescentou: – Foi preciso muita coragem.

Uma gota de sorvete derretido caiu dentro de sua tigela vazia.

– Vamos para lá! – ela exclamou de repente.

Louis deu um pulo.

– Mãe, você me assustou!

– Vamos para a Polônia! – ela disse, descansando a colher. – Poderíamos visitar Piaski, Lublin e Varsóvia, e depois poderíamos ir para Gdansk, no norte. As férias de primavera são quando? Daqui a umas quatro semanas?

Louis murmurou:

– Eu não preciso ir para a Polônia para fazer meu trabalho.

– Claro que não – a mãe falou. Ela parecia mergulhada em pensamentos. – Eu sempre quis ir para lá. Quero ver a cidade onde meu pai morava.

– Eu quero ir para a Disney World! – o filho resmungou.

– Sempre poderemos ir para a Disney World, mas não para a Polônia.

– Então temos mesmo que fazer isso? – perguntou Louis, chateado. Ele já sabia a resposta.

– Vou falar com seu pai quando ele chegar.

Ela se levantou e pegou a tigela. Louis jogou a colher na mesa.

– Sem fazer birra – ela falou. – O que tem de tão especial na Disney World? É tudo falso.

– É divertido.

– A típica diversão americana – ela disse, num volume que dava para ele ouvir.

– A gente está nos Estados Unidos, não? – rosnou Louis.

– *Dzień dobry* – disse sua mãe.

– Quê?

– Significa "bom-dia" em polonês. Vamos visitar a Disney World numa outra ocasião. Nunca estivemos na Polônia e você é descendente de poloneses.

Dito isso, ela desapareceu para dentro da cozinha. Louis fez bico. Aquela seria a pior semana da primavera de sua vida. Por que ele foi perguntar tanta coisa sobre a história de sua família? E daí que a Polônia era diferente do Brasil? Ele só tinha que fazer umas pesquisas – quer dizer, sem contar a ninguém – e depois inventar umas histórias sobre a vida do vovô Lejzer. Teria sido o bastante! Sua professora jamais saberia. Em vez disso, ele despertara na mãe uma necessidade de viajar.

Mas aquilo despertara também a curiosidade de Louis. No fim das contas, ele descobriu que queria sim conhecer Piaski e talvez outros lugares na Polônia também. Certamente haveria lugares legais para crianças.

Quanto mais Louis permanecia à mesa, mais curioso ficava. Mas ele jamais diria isso em voz alta.

Essa vontade de visitar a Polônia também não ia embora. Será que ele tinha um desejo secreto de fazer um bom trabalho? Talvez. Será que ele sentia uma conexão com esse país estranho e distante? Podia ser. Ir embora da Polônia deve ter sido difícil para o avô.

Esse lugar misterioso na Europa Oriental começava a chegar até ele; tomou conta de sua imaginação. Ele se sentia como um peixe se debatendo num anzol, mas, estranhamente, não se importava. Algo sobre esse país também o assustava, só não sabia por quê. Mas tinha uma vontade louca e inexplicável de descobrir.

– *Dzień dobry* – Louis disse para si mesmo.

Capítulo 6

NOVA JERSEY, EUA, 2004

A viagem à Polônia era pra valer. Na noite anterior, o pai de Louis fora surpreendido pela mãe, de tão animada que ela estava. Quando ele finalmente concordou, ela o abraçou. Ainda abraçado à mãe, o pai de Louis olhou para ele.

– A mamãe quer conhecer a Polônia desde antes de você nascer – ele explicou, e então acrescentou: – Eu também gostaria de conhecer.

O entusiasmo da mãe aumentava mais a cada dia.

– Nós vamos de navio da Flórida a Portugal – ela disse, organizando cuidadosamente pilhas de brochuras e mapas da Polônia pela mesa de jantar de madeira reluzente, como num jogo de cartas. – Vamos ficar lá dois dias e depois vamos de avião para a Polônia.

A menos de um mês da viagem, as reservas foram feitas, mas acabaram não sendo tão caras, de acordo com a mãe de Louis, porque o navio tinha que cruzar o Atlântico de novo, de volta para Portugal. Para Louis, a parte do navio pareceu divertida quando ele a entendeu melhor.

Sua mãe caçou algumas fotos antigas em preto e branco que estavam guardadas em uma caixa de plástico enfiada num *closet* desarrumado. Com cuidado, ela colocou cada uma das fotos na mesa de jantar brilhante. Não havia muitas.

– Estas foram tiradas na Polônia por volta de 1938, talvez 1937 – ela disse.

Louis olhou para uma pequena foto instantânea: duas garotas, uma mais nova do que ele, com cerca de oito anos de idade. Elas pareciam ser irmãs e a mais velha devia ter por volta de 16. As duas estavam de mãos dadas com uma mulher mais velha – ele concluiu que devia ser a mãe delas.

– Quem são elas?

– Essa é a tia-avó Estera – sua mãe disse apontando para a adolescente. – E a menininha é a tia-avó Frajda. Esta foto é de quando elas moravam em Piaski.

Louis examinou a foto. Ele certamente conhecia a tia-avó Estera e a tia-avó Frajda de suas viagens ao Brasil. Agora, lógico, elas eram bem mais velhas – e faziam ótimos biscoitos. Ele notou outra foto. Era a mesma mulher que estava na foto com Estera e Frajda, mas naquela ela estava sozinha. Ela estava sentada a uma escrivaninha, segurando uma caneta com a mão direita sobre um papel, como se estivesse prestes a escrever uma carta. "Para quem?", Louis se perguntou. Ela olhava diretamente para a câmera, sem sorrir, como se estivesse imersa nos próprios pensamentos. Ela era bonita. Seu cabelo curto e liso era partido ao meio e usava um vestido de gola franzida.

– Quem é essa? – Louis perguntou. Seu dedo indicador tocou a imagem da mulher adulta. Ela parecia mais nova do que sua mãe era agora.

– Tauba. Sua bisavó – sua mãe respondeu, tirando o dedo dele gentilmente de cima da delicada foto de 65 anos.

– Tem alguma foto daquele pônei?

– O pônei do meu poema, que o vovô cavalga? Não, mas eu queria que tivesse...

Recordando-se de algo, sua mãe tirou um pequeno envelope branco de dentro da caixa de plástico. Ela o abriu e puxou outra foto: um menino, mais ou menos da mesma idade de Louis, sentado dentro de um carrinho com rodas raiadas. O garoto mal cabia nele.

– Esse é o seu avô Lejzer quando ele tinha mais ou menos a sua idade, talvez um pouco menos – disse sua mãe. Louis olhou com atenção para a foto. Será que o volante do carrinho virava? Será que era dele? Atrás do avô havia um cenário com flores e uma coluna de mármore. Era estranho.

– Por que ele está dentro do carrinho? – perguntou Louis.

– Essa foto foi tirada em um estúdio de fotografia – sua mãe falou. – Era uma coisa comum antigamente. Veja o cenário atrás da bisavó Tauba.

Louis não conseguia parar de fitar a foto do vovô Lejzer. Ficou olhando por tanto tempo que sua mãe silenciosamente deixou a sala de jantar. Ele tinha vontade de mergulhar naquele mundo de tanto tempo atrás e andar naquele carrinho. Talvez houvesse um bom morro íngreme em Piaski. E se ele pudesse brincar com seu avô quando este ainda era criança? Louis continuou examinando a foto em preto e branco, já um pouco apagada e com cantos pontudos, como se esperasse uma piscadela, um aceno. Talvez o vovô Lejzer simplesmente saísse dirigindo.

Não, ele não precisava visitar a Polônia para fazer o trabalho, mas quantas crianças em sua classe poderiam visitar o lugar onde seus ancestrais viveram? Não muitas. A vontade de visitar aquele país estranho crescia. Eles poderiam ir à Disney World no verão seguinte. Naquele momento, ele deixou a imaginação ir longe: um pônei, seu avô, um quintal. Com terra? Claro, com terra. E com isso, ele foi...

Capítulo 7

PIASKI, 1939

Lejzer brincava com o pônei branco da vovó e do vovô Bron. O pequeno cavalo aguentava facilmente o peso do garoto de 12 anos. Naqueles dias, ele tinha bastante tempo para cavalgá-lo atrás da pequena casa dos avós. O solo macio e farelento, típico das vastas e ricas terras da Polônia, estava agora liso de tanto ser pisado pelas patas do pônei. Se pudesse, Lejzer ficaria nele do amanhecer ao anoitecer. Mas o cavalinho precisava de comida e descanso.

A vida antiga de sua família não existia mais: a casa, a sorveteria que ele adorava, a *van* que esmagara o pé de seu pai... Até seu pai não estava mais lá. Srul deixara a Polônia e fora para o Brasil havia quatro anos, e tudo o que podia ser vendido para levantar dinheiro para sua cara viagem fora posto à venda.

Todos os dias eram lentos e solitários. Todos os dias Lejzer aguardava. Todos os dias se perguntava quando ele e suas irmãs poderiam se juntar ao pai. Ninguém dizia nada a ele, mas sabia que era difícil juntar dinheiro para as passagens.

Ele também sentia saudades de Estera, que ficara com a tia Sara em Krasnystaw, uma cidadezinha a duas horas dali. Ele não via a irmã havia mais de um ano. Se o deixassem, ele iria visitá-la de pônei todo contente. Mas a vovó e o vovô Bron não permitiam. Eles não eram maus, apenas práticos. Ele e o cavalo eram muito novos e seus avós estavam velhos demais para viajar.

Então Lejzer se confinava no quintal dos avós e fitava as galinhas bobas da vizinha. Às vezes as perseguia até que a Linguiça Velha gritasse para que ele parasse. Gostava de deixá-la brava. Ela era a pior pessoa da vizinhança. Mas até atormentar a Linguiça Velha estava ficando enjoativo. Tudo o entediava.

Lejzer chutou uma bola de terra enorme que se transformou numa grossa nuvem de poeira. Por que ele não podia morar com a mãe e a irmã mais nova, que já tinha seis anos? Mamãe e Frajda tinham que morar a várias quadras dali com outra família? Às vezes ele simplesmente não entendia.

– Seja grato por ainda estar em Piaski. Pelo menos você pode ver sua mãe e sua irmã duas vezes por semana – disse a vovó Bron, de pé na cozinha. Ela cozinhava muito, para a alegria de Lejzer. Com o cabo da colher de madeira, ela delicadamente deu um tapinha na cabeça no neto mal-humorado.

– Você não gosta de morar com nós dois, esse par de fósseis? – ela disse com um sorrisinho. Lejzer sorriu de volta. E então ela acrescentou: – Elas sofrem mais do que você.

A vovó Bron estava certa sobre a filha. Tauba estava sofrendo. Mas ela era grata pela generosa hospitalidade da família Kozerski. Eles eram agradáveis e gentis e ela não se importava com o fato de serem católicos – não muito.

Mas sua mãe era bem religiosa. Os Kozerskis não sabiam nada sobre sinagogas, nunca haviam nem mesmo visitado uma. Não entendiam o *Shabbat*, o *Pessach*, o *Rosh Hashanah*, nem o *Yom Kippur*. *Yom Kippur*? A mãe de Lejzer estava impressionada. Com tantos judeus em Piaski, como eles podiam ser tão ignorantes? Mesmos os judeus não religiosos – ainda que fossem poucos – sabiam sobre os dias mais sagrados.

O que era pior para a mãe de Lejzer era que os Kozerskis não seguiam a dieta *kasher*. O cheiro repugnante de linguiça que fazia parte do café da manhã, a deixava enjoada. "Sonhei que uma linguiça gigante me perseguia pela rua, até que foi atingida por um raio" sua mãe cochichou uma noite em ídiche para Frajda e Lejzer quando ele foi visitá-la. "Aí ela explodiu e várias linguicinhas começaram a dançar por toda Piaski!". Os três riram. A senhora Kozerski perguntou qual era a graça, mas ninguém disse nada. Frajda quase furou o lábio inferior com os dentes tentando parar de rir.

Mesmo que estivesse infeliz, a mãe de Lejzer era sempre educada e nunca implicava com nada. Pelo menos elas tinham comida. Ela era hóspede na casa dos Kozerski e respeitava seus costumes, não importava quais.

Lejzer subiu de volta no pônei. Seu estômago estava embrulhado. Talvez fosse toda aquela comida. Ele fez uma volta com o pônei, depois mais meia. Ele começou a sonhar acordado, e então...

Lejzer estava perplexo. Vovô Bron estava na porta dos fundos, observando-o. Ele parecia um fantasma.

Vovô Bron tinha 55 anos. Ele não tinha barba grande, mas odiava afeitar-se, então Lejzer notava como sua barba por fazer era espetada, negra e cinza e crescia um pouco a cada dia até que ele finalmente a aparava com uma tesoura, em vez usar um barbeador. Ele ignorava as reclamações da vovó Bron e provocava o neto, tentando esfregar seu rosto de lixa nele. Depois de anos cortando lenha, vovô Bron ficara musculoso. Estava sempre com uma postura ereta e um ar de orgulho. Mas agora, ali na porta, parecia ligeiramente corcunda, com os braços sem vida pendurados ao lado do corpo.

Vovô Bron parecia triste. Lejzer desceu do pônei e foi até ele sem dizer uma palavra.

– Você vai para o Brasil – o velho falou. – É hora de todos vocês se juntarem ao seu pai.

Silêncio. A vida estava prestes a mudar novamente.

– Quando? – Lejzer finalmente respondeu algo.

– Em três ou quatro dias – disse o vovô Bron. – Quanto antes, melhor.

Capítulo 8

PIASKI E LUBLIN, 1939

Estera estava muito diferente. Lejzer notou isso logo que a irmã mais velha chegou, três dias antes de deixarem Piaski e iniciarem sua longa jornada ao Brasil. Agora com 16 anos, o rosto de menina dela havia mudado; parecia uma mulher. Até o longo casaco que ela vestia a fazia parecer mais velha, como a mãe deles.

Unida novamente, a família quase não fez a viagem. Estera e Lejzer ficaram doentes. Por dois dias, ficaram de cama, com gripe, na casa da vovó e do vovô Bron. Os cinco irmãos e as três irmãs da mãe sugeriram que Estera e Lejzer não viajassem. Até os pais de Srul opinaram. A vovó Bron passara horas convencendo todos de que as crianças estavam bem para fazer a viagem. E então, como por milagre, Lejzer e Estera começaram a se sentir melhor um dia antes de ir embora. Na noite anterior, deram adeus a todos os tios e primos.

Para economizar dinheiro, partiriam em uma carroça mais lenta, puxada por cavalos, em vez de usar uma *van* como a que Srul costumava guiar. Eles a encheram com suas bagagens. Havia uma mala e três sacolas grandes, feitas com lençóis costurados uns aos outros. As crianças haviam colocado suas roupas e um brinquedinho ou livro neles. Vovó Bron abraçou os netos um a um, depois abraçou Tauba, sua filha. Ninguém queria sorrir. Não havia como saber quando se veriam de novo. Na melhor das hipóteses, demoraria anos. Todos estavam tristes.

Ainda estava escuro quando as rodas da carruagem começaram a se movimentar. Conforme ela se distanciava, vovó e vovô Bron, que estavam à porta, desapareciam lentamente de vista. Outra lágrima rolou pelo rosto macio da mãe. Seus olhos ainda estavam vermelhos de quando abraçara a vovó Bron – elas haviam se abraçado tanto tempo que Lejzer quase foi tomar café da manhã de novo. Finalmente a comida estava parando em seu estômago.

O sol despontava em mais um dia nebuloso de agosto. Os dois cavalos velhos e esqueléticos os puxavam com fé em sua jornada lenta e acidentada até Lublin. Quando a carruagem passou em um buraco na estrada de terra, os pratos dentro da mala de Tauba tilintaram. Ela insistira em levar aqueles presentes de casamento.

Lejzer se sentiu triste novamente. Ele dizia adeus às casinhas de teto de palha, às grandes fazendas e ao ar esfumaçado das lareiras de várias casas. Sentiria muita falta daquele lugar; era só o que sabia. Frajda, que nunca viajara a nenhum lugar, absorvia cada paisagem nova que aparecia à sua frente.

Depois de duas longas horas de viagem, a cidade de Lublin apareceu ao longe.

Lejzer fitou um campo aberto e largo. Parecia silencioso, calmo, não havia ninguém em lugar nenhum. Ele havia estado lá antes? Achava que sim. Sua família não costumava passar férias por ali quando seu pai ainda morava com eles? Uma sensação estranha o atingiu e sentiu um leve abalo.

Curioso, ele decidiu perguntar ao motorista:

– Que lugar é esse?

O motorista, que tinha uma barba grossa e usava um chapéu preto, respondeu sem se virar para ele:

– Majdanek.

Na estação de trem de Lublin, uma enorme águia de bronze estava de guarda. Ela olhava de forma ameaçadora para cada passageiro que chegava. Ignorando a grande e assustadora ave, Lejzer, Estera e Frajda estavam entusiasmados: um trem! Eles finalmente iriam andar na "Grande Cobra de Aço", como sua família em Piaski gostava de falar. Longe de estar animada, a mãe de Lejzer parecia nervosa. Ela olhava de cima a baixo a longa lista dos trens que deveriam chegar, no painel de horários, tentando entendê-la. Ao mesmo tempo, Lejzer estava faminto. Dentro de uma doceria havia um enorme galo, símbolo da cidade de Lublin, olhando para ele – mas este era feito de pão. Lejzer imaginou o gosto macio e morno em sua boca.

– Fique aqui – disse Estera, como se tivesse percebido a vontade dele de sair andando.

– Podíamos todos dividir aquele galo.

Estera suspirou.

– Eu sei. Se tivéssemos dinheiro.

Lejzer entendeu a dica. Além disso, a família levara comida, mas sua ansiosa mãe não estava a fim de servi-la naquele momento.

Confinados na pequena estação, passageiros agitados fitavam o relógio na parede. Lejzer notou que algumas pessoas pareciam muito nervosas. Depois de uma criança dar um puxão em seu vestido, uma mulher agitou os braços, como se estivesse sendo atacada por um ladrão.

– Todos os passageiros devem se banhar! – um comando firme explodiu da boca de um funcionário da estação. Confusos, os viajantes se olharam. Será que aquele homem estava brincando?

– Banhos impedem que piolhos se espalhem – exclamou a mãe de Lejzer, irritada, depois de indagar por que era necessário tomar banho. A família não tinha escolha – não se quisesse viajar a Varsóvia naquele dia.

Lejzer estava fascinado. A estação tinha um chuveiro de verdade. Ele nunca tinha usado um. Em Piaski as casas não tinham encanamento, então ele usava uma pequena banheira com água do poço da cidade, levemente aquecida em um fogão de madeira. Em casa, banhos levavam mais de uma hora.

Curioso, Lejzer entrou em uma longa fila que levava a um único chuveiro. Agora ele estava separado da família. Um a um, os homens e garotos entravam debaixo do chuveiro, puxavam a corrente para liberar a água, tomavam um banho rápido com a única barra de sabão disponível e depois se secavam. Era tudo muito rápido!

Lejzer era o próximo. Ele ficou embaixo do chuveiro, olhando para cima. A ducha larga parecia um enorme girassol que chorava – quase tanto quanto sua mãe e avó haviam chorado naquela manhã. Em vez de puxar a corrente, ele se perguntou como aquilo funcionava. De onde será que vem a água? Como a corrente controla a forma como ela sai?

– Vai logo – disse um homem mal-humorado que estava atrás dele na fila. Sua barriga grande e peluda escapava pelas bordas de sua toalha branca. – Temos que tomar banho também.

Impaciente, o Sr. Barriga Peluda esticou o braço e deu um puxão na corrente do chuveiro.

– Aaaaah! – exclamou Lejzer. A água congelante atingiu seu rosto como se fosse um esguicho de gambá. Todos, com exceção de Lejzer, começaram a rir. Ansioso para se reunir com a mãe e as irmãs, ele tomou o banho rapidamente e se vestiu.

"A não ser por esse chuveiro fascinante", ele pensou, "quem quer dividir uma sala úmida e gelada com um monte de estranhos pelados?".

Para Lejzer, era divertido ter que se espremer pelo corredor estreito do vagão. Não demorou para passageiros impacientes se amontoarem nele. Como um esquilo, ele enfiou a cabeça debaixo do braço de sua mãe, que não parecia estar se divertindo muito.

– Não seja bobo – ela disse, ansiosa.

Como pedras enormes em uma estrada pequena, malas bloqueavam o corredor, até que foram socadas em um compartimento no qual cabiam seis pessoas e içadas até o suporte de bagagens que ficava acima dos assentos.

Um passageiro, jovem, abria caminho. Com cotoveladas, ele passava por Tauba e seus filhos, pulando suas bagagens caseiras. Lejzer notou que o homem estava pondo a mão dentro da bolsa de sua mãe!

– Mãe, cuidado! – ele gritou, tentando pegar o braço do homem. Estera empurrou Lejzer para longe e Tauba puxou a bolsa, deixando-a fora do alcance do sujeito. Como se nada tivesse acontecido, o ladrão frustrado se apressou pelo corredor e saiu do trem. Lá fora, ele desapareceu na multidão.

– Entrem! – mandou Tauba. As crianças adentraram o pequeno compartimento com seis assentos. Antes da viagem, vovó Bron advertira a mãe de Lejzer várias vezes sobre ladrões. Agora ele entendia por quê.

Dois passageiros enormes, marido e mulher, entraram agitados no pequeno espaço para pegar os dois lugares restantes. O trem estava completamente cheio, como se fosse o último do mundo a sair de Lublin.

O longo trem finalmente deixou a estação. Dentro do vagão, a família Rozencwajg sentiu um enorme tranco quando as rodas se movimentaram e o mundo lá fora começou a passar pela janela. Aquela era a primeira viagem de trem deles. A fileira embaçada de casas, roupas penduradas em varais e postes com fios de telégrafos eram chocantes para Lejzer. Sua mãe e sua irmã mais velha pareciam amedrontadas. Frajda no entanto, estava fascinada. Ela se levantou para olhar pela janela. Quase no mesmo momento, a pequena se desequilibrou e caiu no colo da mulher rechonchuda. Tauba pediu desculpas e agarrou a filha mais nova.

A velocidade do trem aumentou. Lejzer nunca tinha ido para tão longe em sua vida. Assim que se acostumou àquilo, ele adorou a sensação. Estera não. Parecia que ela ia passar mal de novo.

Lejzer se ajeitou em seu assento de couro. Finalmente podendo relaxar, ele se perguntou como seria o resto da viagem. Logo chegariam a Varsóvia, fariam uma baldeação e iriam até Gdansk, no norte. Depois de uma curta viagem a Gdynia, no oeste, entrariam em um navio que iria à França e depois em outro que navegaria até o Brasil. A viagem inteira duraria um mês.

Capítulo 9

FORT LAUDERDALE, EUA, 2004

O navio de cruzeiro era enorme – um monstro marinho branco gigante, tão grande que parecia poder engolir pelo menos cinco baleias-azuis sem dar nenhum arroto. De pé no porto de Fort Lauderdale, Louis ficou analisando o tamanho do navio; era bem chocante.

– Qual é o problema? – sua mãe perguntou antes de embarcarem.

Começando a ficar nervoso, Louis disse num impulso:
– Temos mesmo que ir?

– Sinto muito, já estamos aqui – seu pai falou logo em seguida.

– Eu queria ir à Disney World. Estamos na Flórida, não? Não é muito longe daqui.

Irritada, sua mãe disse de forma áspera:
– Você acha que seu avô reclamava desse jeito? As crianças hoje são muito mimadas. É inacreditável! Tudo é incrivelmente fácil para vocês. Eu nunca viajei num navio

desses quando tinha sua idade. Só saí do Brasil com 24 anos porque antes não tinha dinheiro para isso!

Louis sabia que a mãe ainda não terminara.

– No tempo do seu avô, as crianças não reclamavam. Davam valor ao pouco que tinham e não era muito.

"Bom para eles", Louis pensou. As crianças nunca reclamavam? Elas eram o quê? Cães adestrados? Ele estava furioso, mas ficou em silêncio.

– Sorriam – disse o fotógrafo, tirando uma foto da família. Louis quase mostrou a língua antes de mostrar os dentes num sorrisinho falso e forçado.

A família entrou no navio. Louis olhou incrédulo em volta. A entrada principal era luxuosa, com uma plataforma de parquete circular no meio de um chão de mármore branco polido. Havia corrimãos e lustres de metal polido, uma escadaria coberta por um carpete macio e um enorme teto de vitral. Ele tinha que admitir que o lugar era lindo.

Louis subiu na plataforma de parquete. Colocando um pé atrás do outro, ele traçou os elaborados padrões embutidos nele. Era culpa sua que a vida na época do vovô Lejzer era mais difícil que hoje em dia?

– Só quatro dias, hein? – disse o pai de Louis, que olhava para todos os lados e sorria.

– Vamos explorar – insistiu a mãe. Ela estava radiante.

O enorme navio estava além de qualquer hotel que Louis já vira. Ele e os pais fizeram um tour completo nele. Viram um grande passeio de três andares com butiques, sorveteria, cafés e uma loja de brinquedos. Passaram por quatro restaurantes, pelo menos um café com várias mesas, uma grande sala de *shows*, um cinema e um rinque de patinação.

Havia três piscinas diferentes e uma delas incluía um parque aquático grande para crianças. Eles subiram até o topo do navio e encontraram uma quadra de basquete e uma parede de escalada. Mais tarde, seus pais ficaram admirando um spa e uma academia de ginástica bem bonitos para adultos.

E então chegaram ao paraíso: um enorme salão de fliperama, com quase todos os *video games* atuais que se podia imaginar. Louis também ficou entusiasmado com o grande clube de crianças.

Tudo aquilo era para ele e sua família? "Deve ser um engano", Louis pensou. Talvez eles fossem cruzar o Oceano Atlântico num rebocador ou num navio de carga. Talvez fosse melhor apenas voltarem para casa, que era bem mais simples. Assim ele poderia brincar com o Game Boy, assistir TV, ver os amigos – e fingir que não era mimado.

Ele estava brincando? Mais ou menos. Mas ainda estava bravo. O navio do vovô Lejzer não era legal daquele jeito, ele tinha certeza. Não, não, o navio do vovô era cinza e deprimente. As camas eram sem dúvida umas placas grossas de aço, perfeitas para um cadáver. Tudo na época do vovô Lejzer tinha que ser difícil, isso era obrigatório. E as coisas eram tão fáceis para as crianças de hoje. Elas eram mimadas. Mas, com todo aquele luxo, talvez os adultos fossem mimados também.

– Desculpe ter te dado aquela bronca – sua mãe falou enquanto iam para a cabine. Talvez ela soubesse que ele ainda estava chateado. – Quero que todos nós aproveitemos isso, ok?

Louis concordou com a cabeça. Ela esticou o braço e passou a mão no cabelo dele.

– Seu avô teria adorado esse lugar. Ele dizia que os navios eram muito diferentes dos que existem hoje. Eu queria que ele tivesse visto este.

Chegando junto com as bagagens, a família agora se encontrava dentro da pequena, porém confortável, cabine. Louis admirou o interior aconchegante dela. Além da grande janela que dava para o lado de fora, havia um beliche com a cama de cima para ele, bem em cima da dos pais. Esqueça o Game Boy. Esqueça a TV. Esqueça a Disney World – pelo menos por enquanto. Só quatro dias? Eles precisariam de pelo menos um mês.

Capítulo 10

VARSÓVIA, 1939

Para aquela família de viajantes inexperientes de Piaski, Lublin tinha parecido o maior lugar do mundo. Mas Varsóvia era impressionante. Imagens de prédios e casas passaram pela janela por vários minutos, até que o trem desapareceu em um túnel, mergulhando todo mundo no escuro. Tauba arfou. Lejzer, Estera e Frajda ficaram nervosos. E então, luzes sombrias apareceram conforme o trem parava lentamente na plataforma da estação subterrânea.

Quando Lejzer finalmente saiu do vagão, sentiu uma tontura. Que escada eles deveriam subir? Qual era o caminho? Sua mãe estava tão confusa quanto eles. Estera estava menos pálida agora, mas ainda parecia estar mal.

Placas bagunçavam as paredes sujas e pareciam inúteis sob as luzes fracas. Nada tímida, Tauba tentou pedir direções para algumas pessoas, até que um homem finalmente lhe apontou o caminho e continuou andando. Para Lejzer, aquela cena inteira era engraçada: todos aqueles passageiros em Varsóvia estavam muitos apressados.

Em seguida veio a tarefa detestável de ter que subir a longa escadaria com suas bagagens de lençol cheias. Todos fizeram sua parte. Dentro da mala de Tauba, os preciosos pratos de casamento tilintaram novamente.

– Cuidado – ela avisou.

A família arrastou suas malas volumosas escada acima e depois pela grande área de espera da estação. Já quase sem energia, deixaram a bagagem se estatelar contra uma parede de pedra. Cada mala serviu de assento.

Finalmente era hora de jantar. Tauba pegou a comida que sobrara de casa, *kreplach* sem caldo de galinha.

Preocupado demais para comer, Lejzer apenas observava o local. A área de espera principal era o maior interior que ele já havia visto. O teto era mais alto que o de qualquer construção em Piaski, até mesmo que o da escola de três andares. Nos minutos seguintes ele se sentiu contente, feliz por não estar puxando sua mala, por se sentar e comer, por poder fitar o lugar. Mas não durou muito. Se ao menos eles pudessem conhecer Varsóvia... Ele imaginava ver aquelas paisagens incríveis logo ao sair da estação. Mas precisavam pegar outro trem em não muito tempo. Se não tivessem que ir até Gdynia, talvez desse para explorar a maior cidade da Polônia.

– Por que nosso navio sai de Gdynia? – Lejzer perguntou. – Gdansk é mais perto, maior e tem mais navios.

Os olhos de sua mãe se arregalaram no mesmo instante. Ela fitou o filho. Ele ia começar a falar de novo.

– Shhh! – ela o interrompeu com um sussurro severo e então olhou em volta. Ninguém havia escutado. Os outros passageiros estavam ocupados demais se apressando para pegar os trens.

Lejzer não entendeu.

– Não é seguro – sua mãe cochichou.

– Por quê? – ele perguntou num tom de voz normal que de repente pareceu alto demais.

– Porque nós somos judeus – respondeu Estera, mantendo a voz baixa e olhando para todos os lados.

– Há muitos alemães em Gdansk – sua mãe falou. – Não importa a situação, não falem ídiche até chegarmos ao Brasil. Entenderam?

– Por que não? – Frajda perguntou.

Lejzer continuou falando alto:

– Os alemães não gostam da gente. Eles...

– Shhh! – Estera insistiu. Ela olhou em volta de forma desconfiada, como se ela e sua família fossem contrabandistas no meio de um esconderijo lotado de ladrões. Frajda imitou a irmã, que estava nervosa, e disse:

– A gente fez alguma coisa de errado?

– Mesmo quando você fizer alguma coisa boa as pessoas vão te odiar – Lejzer disse, fazendo um favor à mãe e cochichando no ouvido da irmã menor.

– Os alemães não gostam de poloneses – Estera falou. – Mas odeiam os judeus mais ainda. É por isso que estamos indo embora...

– Pare de falar sobre isso! – gritou Tauba, mas ainda assim mantendo a voz baixa.

Um passageiro notou. Os quatro Rozencwajgs o observaram. O homem fitou-os de volta, mas continuou em seu caminho.

Ainda faltava uma hora para o trem sair. Enquanto a família aguardava quieta, Lejzer pensava sobre o Brasil. Será que a vida lá seria melhor? Seriam bem recebidos como judeus? Sentado em sua mala, comendo sua porção de *kreplach* que ficava cada vez menor, ele desejou saber as respostas.

– Todos devem tomar banho antes de entrar no trem – berrou um oficial corpulento. Ele apareceu de repente e começou a passear entre os passageiros. Lejzer olhou para sua mãe e para Estera, que parecia surpresa e irritada com a notícia. Tauba tentou explicar que haviam acabado de tomar banho em Lublin e portanto não tinham piolhos.

– Todos devem tomar banho para impedir que piolhos se espalhem, ou então vocês não podem subir no trem – o homem antipático repetiu como um papagaio. E então ele se foi.

– Eu preferia continuar arrastando a bagagem – Lejzer falou, suspirando. Ele se levantou devagar.

Capítulo 11

O NAVIO DE CRUZEIRO, 2004

O navio começava a cruzar o Oceano Atlântico. Louis e seus pais finalmente teriam seu primeiro jantar a bordo. Eles se sentaram a uma mesa para seis, então três outros passageiros se juntaram a eles. O restaurante enorme de dois andares tinha uma varanda. Havia umas 300 pessoas na sala de jantar. Os companheiros de jantar deles se apresentaram, eram um casal com um filho da idade de Louis. O nome dele era Roger. Seu cabelo curto e loiro fazia com que seus grandes olhos castanhos se destacassem. Ele se sentou ao lado de Louis.

"Perfeito", pensou Louis. Ele tirou um par de carrinhos Hot Wheels do bolso do paletó. Roger tirou um Game Boy do bolso. Obviamente mais legal.

– Sem *video game* na mesa – disse o pai de Roger, que usava um relógio que parecia bem caro.

Enquanto os adultos se conheciam, Louis e Roger pegaram os carrinhos e começaram a brincar com eles nas pernas, como se estivessem guiando-os em uma pista montanhosa e cheia de obstáculos.

O jantar tinha um preço fixo. Primeiro vieram os pãezinhos. Louis atacou-os. Com bastante manteiga, eles ficavam deliciosos. Em seguida, o garçom veloz e bem-vestido trouxe pratos de salada verde. Bam, bam, bam – cada um era posto à frente deles sobre a mesa. Louis observou em choque aquele prato com coisas verdes nojentas. "Meleca de nariz também é verde", ele pensou. Pegou outro pãozinho.

– Chega de pão, Louis – sua mãe disse, metade em português, metade em inglês. Ele odiava a palavra "chega", menos quando ele a pronunciava quando sua mãe o forçava a tomar sopa, outra comida que ele não suportava.

– Ele não gosta de comer – a mãe de Louis disse aos pais de Roger. Roger comia a salada. Ele parecia gostar de tudo.

– Coma um pouco de salada – insistiu a mãe de Louis.

– Odeio salada – ele falou.

– Desde quando? Você já experimentou? – perguntou o pai.

– Experimentei uma vez e não gostei.

Roger e seus pais observavam a discussão.

– Apenas experimente – exclamou sua mãe. – Saladas não são sempre iguais.

Louis se recusou. Ele notou que havia uma escultura impressionante de um peixe em um enorme bloco de gelo.

– Ele é muito difícil – a mãe de Louis disse aos pais de Roger. Irritado, Louis fingiu não ouvir. Seus pais continuaram comendo.

– Não quer? – perguntou o garçom, que estava prestes a pegar a salada. Louis não queria e a salada se foi. Então era bem simples: diga "não" e comidas horrorosas desaparecem da sua frente. Por que seus pais não entendiam isso?

E então, do nada, o garçom surpreendeu as duas famílias com cumbucas de sopa de legumes. Louis ficou horrorizado de novo. Ele examinou cuidadosamente aqueles pedaços enormes e repugnantes de cenoura, tomate, aipo e batata boiando na cumbuca. Quem faria um negócio daqueles?

– Vamos, Louis – sua mãe implorou. – Três colheradas.

Não. Novamente ele ficou imóvel, como um lagarto em uma pedra.

– Experimente o caldo – seu pai falou – ou nada de sobremesa.

– Quantas colheradas?

– Seis.

Louis se zangou.

– A mamãe disse só três!

– Da próxima vez você faz o que ela mandar.

O pai deu um gole no vinho. Louis levantou a colher e colocou-a cuidadosamente na boca. Aquele gosto salgado era ruim, exatamente como ele imaginara. Seus pais obviamente gostavam de torturá-lo.

Seis colheradas depois – um recorde –, ele finalmente terminou e ficou grato quando a cumbuca de sopa foi levada embora. Depois veio o macarrão. Sem problemas, a não ser pelos negócios verdes! Louis tentou arrastar para o canto do prato qualquer vestígio de coisas estranhas com o garfo.

– É só manjericão fresco – disse seu pai, olhando para os pais de Roger. Louis pensou que talvez os pais do Roger achassem que os pais dele deviam parar de atormentá-lo.

Ele concordaria. Macarrão não devia ter nada. Nada de vegetais, de ervas, de molho de tomate. Apenas azeite, como ele comia em casa.

– Vai ficar sem sobremesa se não comer o macarrão – sua mãe insistiu. Seu pai concordou com a cabeça. Como sempre, estavam claramente conspirando contra ele.

Enquanto isso, Roger havia limpado o prato e parecia pronto para a sobremesa. Mas ele parecia tão entediado quanto Louis e perguntou:

– Podemos sair da mesa?

Os pais de Roger disseram que sim. Louis olhou para os pais.

– Depois que você terminar o macarrão – seu pai insistiu.

Droga. Como era de costume, mamãe e papai se recusavam a ceder. Ele engoliu seis garfadas, o suficiente para ficar satisfeito, e então se levantou.

– Sem sobremesa? – perguntou sua mãe. Louis chacoalhou a cabeça.

– Fique perto do restaurante – disse o pai.

Livres da mesa, os dois garotos revezavam o Game Boy. Em seguida, brincaram de esconde-esconde. Uma nova amizade acabara de se iniciar. "Isso é muito melhor do que aquela tortura com a sopa", Louis pensou.

Capítulo 12

GDANSK, 1939

Lejzer estava exausto, mas quem conseguiria dormir? O trem estava lotado de pessoas fedidas – pelo jeito o banho obrigatório não ajudava muito. Ele sentiu algum alívio ao abrir um pouco a janela, mas nem mesmo uma rajada de vento morna do fim de agosto conseguia abafar o coro de roncos. Durante toda a noite, rumando ao norte para Gdansk, três passageiros tossiam sem parar em uníssono, como se fossem um trio musical. Os Rozencwajgs tiveram que ficar em um vagão aberto com outros 50 passageiros, não dois, como no anterior. Exausto demais para ficar acordado, Lejzer finalmente apagou.

Ele acordou antes do sol nascer. Finalmente o trem estava um pouco mais vazio, mas estava parado em Gdansk, recusando-se a fazer a jornada de meia hora até Gdynia, a última parada, onde o navio os aguardava. O vagão deles estava silencioso, havia apenas cinco passageiros.

Sua barriga disparou o alarme. Será que a mamãe tinha pensado no café da manhã? Com certeza. Dentro de sua sacola havia rugala ainda fresca. Lejzer se animou.

– Deixe um pouco para suas irmãs – disse sua mãe sonolenta, sorrindo. O cheiro irresistível de chocolate e açúcar e de massa assada despertaram Estera e Frajda no mesmo instante. Elas pegaram suas porções.

Lejzer mal podia esperar para entrar em seu primeiro barco. No dia anterior, a viagem de trem fora empolgante; agora parecia durar uma eternidade.

Dois homens subiram no trem. Nenhum deles carregava malas nem procurava um lugar para sentar. Não usavam uniformes, apenas longos casacos de couro preto. Não eram autoridades polonesas. Aquilo era estranho.

Lejzer notou-os imediatamente, mas tentou não fazer com que percebessem que ele os fitava. Ele sentia que os olhos deles o percorriam, como dois cachorros ansiosos para lamber suas bochechas. Ele comeu rapidamente o resto da rugala e Estera também, que então olhou para Frajda como se esperasse que ela terminasse de comer logo sua sobremesa judaica.

Lejzer olhou para os outros passageiros; nenhum deles olhava para cima também. Um viajante, um homem com cara de durão, ficara evidentemente pálido.

Os intrusos pareciam uma dupla de enguias que haviam acabado de deslizar para fora de suas cavernas. Seus maxilares eram pontudos. Eles até respiravam meio pesado, como se tivessem falta de ar. Lejzer apertou os lábios, resistindo a uma vontade enorme de rir.

Ninguém ria. Os dois homens controlavam o silêncio e a atenção. Eles avaliavam os passageiros, desafiando-os a fazer contato visual.

Uma das enguias descobriu Lejzer; talvez ele tivesse notado o garoto e sua quase incontrolável vontade de rir. O predador falou com ele em alemão. Lejzer não entendeu.

Seu corpo começou a tremer de medo, uma bolha de ar se fazendo em seu estômago.

A enguia repetiu a frase com calma, como se estivesse fazendo uma armadilha para sua presa. Com medo, Lejzer, olhou para a mãe, em busca de uma orientação. Ela e suas duas irmãs estavam aterrorizadas. Os outros desviaram o olhar. Se aqueles dois predadores tentassem pegá-lo, ninguém o ajudaria.

– Desculpe, só falo polonês – Lejzer disse de repente.

Silêncio. A mente de Lejzer mergulhou em confusão. Ele havia mesmo se desculpado por falar sua língua materna em seu próprio país? Por quê? Ele certamente não queria que aquelas duas enguias soubessem que ele e sua família eram judeus. Mas parte dele quase deu um berro. Parte dele queria dar um soco no nariz deles. Ele era maluco? Socar um adulto? Sim, era. Aqueles homens despertavam sentimentos que ele não compreendia. Ele sentiu medo.

– Passagens! – gritou um condutor em polonês. Era um homem enorme, que chegou sem rodeios.

– Passagens! – ele gritou de novo, sem se importar com as duas enguias. Sem passagens, os dois não tinham mais nenhum poder. Os dois deram mais uma olhada em volta do vagão e então saíram rapidamente do trem.

Lejzer continuou observando os dois alemães. Eles estavam do lado de fora, na plataforma. Num último esforço para amedrontar todos no trem, as duas enguias espiaram dentro dele pelo vidro e então se afastaram e desapareceram de vez.

Finalmente o trem começou a se mover. A mãe de Lejzer entregou as passagens da família com satisfação ao condutor. Todos relaxaram. Os passageiros se olharam sem medo. Lejzer tirou as mãos do colo; suas palmas estavam suadas.

Capítulo 13

GDYNIA, 1939

— Ele não gosta de sorrir – disse Frajda. Ela ficou observando o homem mal-humorado da alfândega. Lejzer estava envergonhado. Ele havia notado também, mas jamais diria isso em voz alta. E se aquele oficial no porto de Gdynia ficasse bravo e se recusasse a deixar a família subir no navio?

O homem esticou o braço. Tauba entregou a ele o passaporte da família. Nele, Lejzer, Frajda, Estera e Tauba estavam na mesma foto. Lejzer tentara ficar sério, mas um sorriso escapou quando a câmera disparou. Irritado, o fotógrafo insistira para que eles posassem novamente. Finalmente fizeram uma foto que servia às autoridades – uma em que todos pareciam tristes e severos.

— Parece que você quer matar alguém – Lejzer provocou a irmã mais velha enquanto eles reexaminavam o passaporte.

— É, eu estava pensando em você – disse Estera com um sorriso travesso.

– Oi – disse Frajda de novo, mas o funcionário da alfândega se recusou a dar um sorrisinho sequer. Ignorando-a, ele carimbou o passaporte. Finalmente a família tinha permissão para deixar a Polônia.

Lejzer nunca havia entrado em um navio. Nenhum deles havia. O transatlântico parecia um ferro de passar gigante que fora posto de cabeça para baixo e esticado como um caramelo. No topo do ferro de passar havia uma casa grande que lembrava uma fábrica, com vários fios de aço – o suficiente para deixar as roupas secando. Duas latas gigantes – que se chamavam chaminés – ficavam quase no meio do navio e apontavam para cima. Lejzer planejava ficar no convés, onde poderia passar horas olhando para o oceano.

Mas depois que a ponte que levava ao interior do navio finalmente baixou, Lejzer teve sua primeira surpresa. O navio virou um mundo flutuante que balançava de um lado para o outro suavemente. Ele logo ficou tonto.

No entanto, o curioso garoto de 12 anos mal podia esperar para investigar cada pedacinho do navio, da proa à popa. Enquanto sua mãe e suas irmãs se seguravam no corrimão, Lejzer perambulou até a parte dianteira do navio. Por um momento, ele ficou só.

Havia muitos outros navios atracados no grande e moderno porto de Gdynia. Apenas dois estavam indo em direção ao mar. Lejzer absorveu aquela vista gigante. Ele respirou o ar fresco e ligeiramente úmido. Mais cedo havia chovido. Ele estava contente.

E então ele ouviu vozes em alemão.

Lejzer se virou rapidamente. De início não viu ninguém, mas então um bando de homens surgiu de um canto. Não eram passageiros nem faziam parte da tripulação. Eles caminhavam rapidamente em direção a Lejzer. Seus longos casacos pretos eram iguais aos daquelas enguias que haviam entrado no trem em Gdansk. Quem eram eles? Por que não usavam uniforme?

Lejzer entrou em pânico, ficou sem conseguir pensar direito, como se os pensamentos ricocheteassem em sua cabeça.

Uma mão agarrou-o por trás, pela gola de seu casaco, e puxou-o para longe. Lejzer começou a chutar como louco, chutando o ar, chutando qualquer coisa que seus pés alcançassem. Foi em vão. Ele foi arrastado até o lado oposto do navio – longe, bem longe dos alemães.

– Me solta! – gritou.

Ele não conseguia ver quem o raptara. Tinha que ser um homem, porque Lejzer era arrastado com facilidade, como se fosse uma pequena trouxa de roupas.

– Shhh! – um sussurro se fez. Era mesmo um homem. – Não deixe que os alemães te vejam.

Lejzer parou de espernear. Será que podia confiar naquele estranho? Havia outra escolha?

Depois de ser levado para trás de um tubo grande, Lejzer finalmente viu o homem misterioso. Era um membro da tripulação, mais velho que sua irmã Estera, com um rosto limpo e barbeado e cabelos loiros sob o quepe de borracha. Ele usava galochas grandes e um casaco molhado – um verdadeiro marujo. Ele também cheirava a cigarro.

O cortejo nefasto de homens passou rápido. O capitão do navio, que vestia um uniforme, seguia os intrusos e exigiu que saíssem imediatamente. Atrás dele havia doze membros da tripulação a reboque. O grupo se apressou pelo navio e então desapareceu em outro canto. Ninguém viu Lejzer nem o estranho que o salvara.

– Não vou te machucar – disse o tripulante. A voz dele era reconfortante. – Você é judeu? – ele perguntou.

Lejzer se recusou a responder.

– Você é judeu? – o marinheiro repetiu, de forma clara. Não era um interrogatório. Ele parecia preocupado. Lejzer resolveu arriscar e fez que sim com a cabeça.

– Não deixe aqueles homens te verem. É a polícia secreta alemã, a Schutzstaffel. Eles estão vigiando todos os barcos que chegam e que partem. Não podem subir a bordo, mas estão ficando mais ousados. Logo, logo eles vão começar a pegar passageiros. Não há nada que possamos fazer para impedi-los.

Lejzer não sabia o que dizer. Agora as duas enguias no trem em Gdansk faziam sentido. Que bom que ele havia ficado quieto.

O tripulante se preparou para ir embora.

– Ainda preciso me trocar. Estou atrasado. Volte para perto de sua família, fique com eles – ele insistiu. – Não venha para o convés até que a gente esteja no mar. – E então ele acrescentou: – A propósito, meu nome é Kazimierz. – E então se foi.

Lejzer correu, segurando o boné, até que finalmente alcançou a família.

– Onde você estava? – sua mãe ralhou.

– No convés – ele disse de forma obediente.

– Pare de perambular por aí e fique conosco. – Ela devia saber dos homens a bordo.

O navio finalmente iniciou a jornada. A família ficou no convés, olhando fixamente para uma cidade que eles mal conheceram. Seria a última vista que teriam da Polônia. Além do porto de Gdynia havia várias construções antigas e modernas, cada uma com cerca de quatro andares.

Os alemães que Lejzer vira antes estavam agora nas docas, como as outras pessoas na multidão, observando o navio se distanciar lentamente. Esquecendo-se dos alemães, ele passou a cabeça por cima do corrimão e ficou olhando para a água que batia contra o casco do navio. Começava a ventar.

O oceano parecia monumental e profundo. Ele surgia de todos os lados. Óbvio. Mas Lejzer não havia pensado nisso. Ele não fazia ideia de como se nadava e esse pensamento o deixou paralisado de medo. E se o barco afundasse? Ele sentiu tontura e ia desmaiar, mas uma mão o agarrou rapidamente pela gola da camisa antes que ele se estatelasse no chão. Aquele dia fora feito para que ele levasse puxões de adultos.

– Fique perto de mim – disse sua mãe nervosa e ela e todos os outros se agarraram ao corrimão de metal do convés. O balanço do navio era pior que o do trem.

A embarcação abraçou o litoral da Polônia. E então, quando os ventos se acalmaram, ela adentrou águas mais calmas e foi em direção ao Mar Báltico. Lejzer finalmente relaxou e curtiu a vista. Esse medo do mar o surpreendera. Ele ansiara por semanas por aquele navio, por estar no mar.

Pequena demais para olhar por cima do corrimão, Frajda ficou irritada. Tauba pegou-a, ela se contorceu sob o peso e quase tropeçou. Logo desistiu.

Lejzer notou que Estera fitava o mar. Ela estava muito quieta. Sua mãe também tinha um semblante triste. A Polônia estava quase fora de vista. Era como se suas vidas estivessem sendo armazenadas em uma caixa. Eles não tinham casa, nem amigos, nem parentes, nem escola, nem comida preferida... Apenas um barco cheio de estranhos. Tudo o que os Rozencwajgs conheciam acabara de se tornar uma memória. Quando suas vidas encaixotadas iriam se abrir novamente? Quem poderia saber? E que tipo de vida eles encontrariam?

Capítulo 14

NAVIO DE CRUZEIRO, 2004

No segundo dia o navio estava cheio de atividades. Fazer máscaras? Tudo bem. Caça ao tesouro? Sempre legal se o tesouro for bom. Tempo livre para brincar na área das crianças? Claro.

Mas nadar? Quem tinha mencionado isso? Porém o céu estava sem nuvens e era um dia quente e seco, perfeito para passar uma tarde em uma das grandes piscinas do navio.

Louis estava de calção e se sentou na borda da parte rasa, tocando a água apenas com os dedos dos pés. Águas profundas o aterrorizavam. Ele evitava até banhos de banheira. Chuveiros eram aceitáveis, mas ficar com o rosto molhado era a pior coisa. Ele odiava aquela sensação do líquido cobrindo seu nariz e suas bochechas.

– Entra – disse Roger pulando na piscina. Ele nadava de um lado para o outro, da parte rasa até a funda e depois de volta. Parecia tão fácil.

Louis estava em pé no convés. Ele circundou a piscina lentamente. Apesar de seus medos, a água também o fascinava. Ele adorava aquários. Parou próximo à parte funda e fitou-a. Havia algo brilhante, talvez uma moeda de 25 centavos, no fundo da piscina. Mas as pessoas não paravam de espirrar água.

De repente ele sentiu um solavanco nos ombros.

Ele caiu de cabeça na piscina.

Pânico!

Ele soltou o ar, depois afundou e começou a engasgar.

Ele batia os braços, mas a água se recusava a deixá-lo escapar.

E então viu bem rápido: uma forma estranha, parecia uma pessoa – uma forma que emanava luz. Aquilo era real? Uma sugestão surgiu em sua cabeça no meio do pânico de seus pensamentos, como uma voz: "Agache e dê um impulso".

Louis tentou. Ele se agachou, apoiou os pés no fundo da piscina e então deu um impulso para cima, do jeito que fizera recentemente no *bungee jump* do *shopping center*. Ele só havia balançado para cima e para baixo, com a grossa tira de borracha fazendo-o subir mais um pouco.

Funcionou mais ou menos. Ele nadou um pouco de cachorrinho, mas não chegou até a superfície. Um raio de luz penetrava a água. Lá em cima, fora da água, formas meio vagas de pessoas se mexiam. Ele boiou em direção à superfície: alguns centímetros, mais um pouco, até completar quase um metro. Sua cabeça doía mais a cada segundo, de tanto segurar a respiração.

Um par de mãos o agarrou abaixo da cintura – um nadador estava ao lado dele. E então quatro outras mãos o pegaram pelo torso e o tiraram da água. Logo em seguida ele foi colocado em uma espreguiçadeira ali perto.

– Você está bem? – perguntou o salva-vidas, um universitário molhado de cabelos escuros e pele bronzeada. Louis tossia intensamente, mas conseguiu fazer que sim com a cabeça.

– Eu sinto muito – confessou Roger, que estava em pé ao lado. – Achei que você soubesse nadar.

– Nunca, em hipótese alguma, empurre alguém na piscina – disse o salva-vidas com firmeza.

– Ai, meu Deus, você está bem? – a mãe de Louis deu um grito agudo. Ela e o pai correram até ele. – Onde tem um médico? Precisamos de um médico!

– Estou bem, mãe. – Ele tossiu novamente.

– Se estivéssemos aqui sozinhos eu não teria conseguido te salvar. Não sei nadar – ela disse ao salva-vidas.

– O que houve? – o pai de Louis indagou.

– Eu... Eu empurrei ele – disse Roger, com cara de culpado. – Desculpe.

– Empurrar alguém na piscina parece mesmo uma boa ideia? – disse o pai de Louis. Roger olhou para baixo. Ele se sentia um idiota, Louis tinha certeza.

– Está tudo bem – disse Louis. Ele não queria que seu novo amigo ficasse encrencado. – Ele não sabia e eu estou bem.

– Cadê seus pais? – perguntou o pai de Louis.

– No *spa* – disse Roger. – Acho.

Louis pensou naquela forma que ele vira debaixo d'água. Parecia uma pessoa. Era apenas sua imaginação maluca funcionando.

– Se seu filho precisar de aulas de natação, sou um instrutor certificado – disse o salva-vidas.

– Sim – falou a mãe. – Por favor, ensine-o.

– Aula de natação? – perguntou Louis.

– O vovô Lejzer odiava água, então eu nunca aprendi a nadar e me arrependo – disse sua mãe. – Uma vez uns amigos na praia me jogaram no mar de brincadeira. Foi horrível.

– Você pode ensiná-lo amanhã? – o pai de Louis perguntou ao salva-vidas.

– Claro.

Estava combinado. Louis olhou para a piscina. Era para aquelas férias serem divertidas?

Capítulo 15

LA BELLE ISLE, 1939

isso mesmo? – perguntou Lejzer. Ele olhava espantado.

– Belo navio, hein? – comentou um passageiro que parecia ser polonês.

O navio de cruzeiro era enorme; um arco sólido de aço, com o casco pintado de marrom e cinza e o topo de branco. Seu nome era La Belle Isle.

O navio que eles haviam pegado era bem impressionante, pensou Lejzer, mas aquele era magnífico. Valera a pena esperar três dias com sua família em Le Havre, a cidade portuária na França. O navio era como um bairro gigante no mar.

Esse pensamento deixou Lejzer triste. Havia bastante espaço para seus avós, suas tias, seus tios, primos, todos os amigos da escola, até mesmo para seus professores. Havia espaço para o rabino, espaço para todos os que iam à sinagoga na sexta noite para celebrar o *Shabbat*. Aquela cidade flutuante poderia abrigar todos os seus vizinhos, incluindo a Linguiça Velha, e todos os clientes da sorveteria da família. Talvez o La Belle Isle tivesse espaço para todos os sete mil habitantes de Piaski.

Enquanto ele e centenas de outros aguardavam a ponte do navio descer, Lejzer ficou admirando o casco do navio. Como esse barco ficava tão acima na água? Como será que ele era por baixo?

Os olhos ávidos do jovem viajante se fixaram nos três grandes mastros. Cabos grossos saíam do topo deles e se ligavam a diferentes partes do navio, como se estivessem armados para a Festa do Mastro. Lejzer tinha vontade de pegar uma corrente, envolvê-la em um dos cabos e deslizar por aquela descida íngreme até pousar perfeitamente no convés.

Finalmente a ponte baixou. A entrada estreita logo ficou abarrotada de viajantes impacientes. Eles vinham de toda a Europa; havia franceses, holandeses, suíços, alguns britânicos e mais ou menos uma dúzia de poloneses. Os portugueses embarcariam quando o navio chegasse ao porto de Lisboa.

E então aconteceu: conforme mais passageiros entravam, uma tranquilidade sinistra se espalhava. Pessoas estranhas começavam a conversar bem baixo, a maioria sussurrava. Em dois ou três minutos, um clima sombrio se espalhara pelo navio.

Lejzer sentiu a mudança. Para todos os lados que olhava, via semblantes preocupados nos vários rostos e ouvia pessoas falando línguas que ele não entendia. Muitos logo ficavam em silêncio, olhando para o vazio como se estivessem em choque ou em pensamentos profundos. Alguma notícia estava se espalhando pelo navio.

Até Frajda notou a mudança.

– Ninguém está falando alto – ela disse, olhando em volta.

Em seguida, a mãe de Lejzer foi tomada pelo silêncio. Ela acabara de falar com um passageiro polonês. Ele contara algo a ela, mas o quê? E então Estera ficou em silêncio. Um olhar preocupado percorreu seu rosto, seguido de lágrimas. Frajda não. Ela ficou balançando os braços, como se esperasse sair voando do convés lotado.

– Mãe? – disse Lejzer, tentando chamar a atenção dela. Ele estava cansado de mistério.

– O que foi, mãe? – ele perguntou. Continuou sem resposta.

– Mãe!

Aquilo a abalou o suficiente para pelo menos olhar para o filho, mas ela não pôde responder.

– O que foi? – ele perguntou pela vigésima vez.

– Estou com medo... – ela enxugou as lágrimas como se fossem moscas incomodando. Ela tomou fôlego, depois soltou a notícia: – A Alemanha atacou a Polônia.

Lejzer agora fora tomado também pelo silêncio. Mas não por muito tempo.

– Atacou? Como?

– Bombardeou – ela disse. – Varsóvia. Gdansk. Está acontecendo agora mesmo.

◆

Os Rozencwajgs estavam sentados em sua cabine. Era pequena e apertada. Seu interior de metal sólido fazia barulho quando Frajda batia os sapatos na parede. Pediram a ela que parasse. As camas dobráveis eram pequenas e saíam da parede. Os colchões, se é que se podia chamá-los disso, eram tão macios quanto mármore.

– Quanto tempo vamos ficar aqui? Duas semanas? – perguntou Lejzer. – É tão pequena.

– Seus avós nunca reclamavam quando eram crianças – sua mãe disse. – As crianças de hoje... – Mas ela estava preocupada demais para terminar a bronca.

O navio agora avançava no mar. O dia estava quase acabando. A família esperara ansiosamente até escurecer o bastante para poderem acender a pequena luz do teto. Eles não estavam acostumados com eletricidade, pois em Piaski não havia isso.

Lejzer foi o primeiro a ir ao interruptor. Nada aconteceu. Ele tentou outra vez e mais uma. E então Frajda, que não aguentava mais esperar, pulou para ter sua vez.

– Por que a luz não funciona? – perguntou Estera.

Tauba abriu a porta para pedir ajuda. O corredor estava mais escuro que uma caverna.

Havia algo errado.

– Todas as luzes ficam apagadas. Só por precaução – disse um tripulante se apressando pelo corredor estreito.

– Precaução contra o quê? – indagou Lejzer.

– Submarinos alemães – respondeu em polonês uma voz estranha. Ela viera de uma cabine no fim do corredor. Um homem que ficava de porta aberta? Será que era o mesmo homem com quem sua mãe tinha falado mais cedo?

– Todas as noites os submarinos patrulham essas águas – o estranho explicou.

– O que é submarino? – perguntou Frajda.

– É um navio que fica debaixo d'água – respondeu Lejzer, que então entendeu: – Os alemães afundam navios, como o nosso. Com torpedos.

– Obrigada pela explicação! – sua mãe rosnou. Lejzer recuou.

– Por que os alemães querem machucar a gente? – Frajda perguntou.

– Vamos falar de outra coisa – pediu a mãe.

Ninguém falou nada. O navio deslizava silenciosamente pelo calmo oceano. Exceto por um pequeno feixe de luz do luar que entrava pela janela circular da cabine, estava completamente escuro. O som fresco e implacável da água batendo no casco do navio deixava Lejzer nervoso. Ele se sentia como se estivesse preso.

Frajda deu um sorrisinho insinuante. Normalmente havia luz de velas em casa. O papai cantava canções de ninar para seus filhos dormirem. Tauba pegou sua filha mais nova no colo. Frajda finalmente se acalmou e adormeceu.

Lejzer fitava a escuridão. Ela o deixava nervoso. Ele se perguntava se alguém lá em casa ainda podia sair de lá. Talvez alguns tivessem escapado. Pelo menos ele estava a salvo – por enquanto. Ele merecia estar? Por que ele e sua família tinham tanta sorte?

Estera quebrou o silêncio:

– Você acha que eles estão bem?

– A vovó e o vovô Bron estão bem? – Lejzer acrescentou rapidamente. Ele se sentiu aliviado. Finalmente não havia problemas em falar sobre isso! Ele continuou: – E a tia Rebecca, o tio Moshe, e o Jacob e o Isaac? E os Steins, os Honigs, os Horovitz? E o Simon e o Yitzchak e o Sr. Polonsky e os Weiners lá do fim da rua e...

– Todos devem estar bem – Estera lançou, antes que seu irmão listasse a cidade inteira. – Piaski é pequena – ela continuou. – Por que atacariam uma cidade tão pequena?

As palavras de Estera pararam em sua garganta e ela as engoliu uma a uma.

Um momento se passou. Estava um breu na cabine. Talvez uma nuvem tivesse coberto a lua. Seja lá o que fosse, o luar agora estava extinto.

Estera conseguiu voltar a falar.

– O que você acha, mãe? – ela perguntou.

Sem enxergar, as crianças ouviram a resposta da mãe.

– A guerra é muito imprevisível – disse Tauba. Sua voz flutuava na escuridão. – Não sabemos onde é a batalha, nem o tamanho dela.

Silêncio. E então ela acrescentou:

– Acho que estão a salvo.

– Por que os alemães atacariam Piaski? – perguntou Lejzer.

– Pois é, por quê? – disse sua mãe. – Varsóvia e Gdansk são cidades grandes e importantes. Não faz sentido atacar cidadezinhas. Mas nossos soldados são muito corajosos e vão lutar.

– Talvez tenham parado a Alemanha... – disse Estera, com a voz sumindo.

Depois o silêncio se fez novamente. Mas Lejzer queria conversar.

– A gente poderia voltar? Quer dizer, se quiséssemos – ele disse.

– Não – falou a voz do estranho intrometido do fim do corredor. – Todos temos sorte de termos saído de lá agora.

Tauba esperou alguns minutos e então fechou a porta da cabine. Hora de dormir.

– Vamos mandar uma carta – disse Lejzer.

– De onde? – perguntou Estera. – Estamos em alto-mar.

– Podemos mandar quando chegarmos em Lisboa – Lejzer respondeu. – Vamos escrever amanhã de manhã.

Capítulo 16

NAVIO DE CRUZEIRO, 2004

— Enquanto você se move pela piscina, conte até três e depois levante a cabeça para respirar – disse Rich, o salva-vidas que o tirara da água no dia anterior. – Depois coloque a cabeça de volta na água e conte de novo até três.

– Não me solta – disse Louis, que tentava não engolir água.

Rich segurava as duas mãos de Louis.

– Você vai ficar bem – ele disse.

Rich o segurava com força, mas não daquele jeito de esmagar as mãos. Ele transmitia segurança. Era claro que ele passara muito tempo na academia. Se seu bronzeado fosse mais fraco e seu cabelo mais claro, poderia se passar por irmão mais velho de Louis. Mesmo com duas irmãs, o vovô Lejzer devia se sentir solitário de vez em quando. Não era justo, pensava Louis. Ele preferia fazer amizade com meninos mais velhos, normalmente com os filhos dos amigos ou colegas de trabalho de seus pais.

Louis estava determinado a aprender a nadar. Ele queria impressionar o instrutor e os pais. Então por que a mamãe e o papai estavam sentados nas espreguiçadeiras, imersos em leitura? Será que eles nunca iam ver?

Nos minutos seguintes, Louis foi conduzido por Rich pela parte rasa da piscina. Ele aprendera a nadar de cachorrinho sozinho. Mesmo assim, não aguentou e imaginou um bando de tubarões bem abaixo dele. Imediatamente, ele afundou. Entrou em pânico. Ele se endireitou, fazendo o melhor para colocar os pés no fundo da piscina. Tomara que os tubarões imaginários não se importem.

– Tente de novo – disse Rich. – Você está conseguindo. – Seu sorriso amigável trazia junto muita paciência. E salva-vidas mantinham longe todos aqueles tubarões que adoravam passear em piscinas.

Louis tentou de novo e de novo. Ele nadava de cachorrinho. Pelo menos não estava se segurando em Rich. Ele melhorou em manter a cabeça para fora ou dentro da água. Ele seguia o professor, que ficava ziguezagueando pela parte rasa.

Rich foi para mais longe. Para a parte funda.

– Você consegue – ele disse.

Louis não conseguia mais encostar o pé no fundo e não havia nada em que se segurar. Dava medo.

– É isso aí – falou Rich. – Vá devagar e fique chutando. Você não vai afundar.

Louis continuou. E então, como mágica, aconteceu.

Ele se manteve acima da água.

Ele começou a nadar. Liberdade!

Ele se sentia como um astronauta flutuando fora da nave. Até os tubarões estavam desaparecendo.

Rich o levou de volta à parte rasa. A aula tinha acabado.

– Continue nadando assim e você não terá mais problemas – disse Rich, que sorriu e foi embora.

O navio cruzeiro continuava deslizando pelo Atlântico em direção ao leste. Atracaria em Lisboa em dois dias. Quando se estava dentro da piscina, nem parecia que o navio estava se movimentando. Todos os dias no mar eram quentes, então a piscina estava sempre cheia.

– Você nadou muito bem! – exclamou sua mãe ao se dirigir até ele.

Perto da piscina, uma banda caribenha começou a tocar alguns sambas brasileiros. Louis já ouvira aqueles acordes antes. Sem conseguir se conter, sua mãe brasileira começou uma dancinha. Às vezes ela fazia aquilo enquanto assistia aos desfiles de carnaval do Rio de Janeiro pela TV. Parecia estar no sangue.

– Mãe! – ele gritou, querendo se esconder.

– O quê? – ela disse. – Vem dançar.

Ela pegou o filho delicadamente pelo braço e o conduziu.

– Mãe! – ele gritou de novo, tentando soltar o braço.

Ela o soltou e continuou dançando.

– Quero morar no Brasil – ela falou.

– Você não gosta dos Estados Unidos?

– Claro que sim, mas às vezes sinto falta do meu país.

– Por quê? – perguntou Louis.

Sua mãe continuou dançando.

– Se um dia você for morar fora dos Estados Unidos, vai entender – ela disse, esticando o braço. – Dança. Essa música é ótima.

Apesar de já ter se secado, Louis pulou de volta na piscina. Ele continuou praticando suas braçadas e seus mergulhos. Adorava seus novos óculos de nadar; seus olhos não ardiam mais com o cloro e ver debaixo da água era muito legal. Sem tubarões! Perto do fundo da piscina, ele fingiu ser um caranguejo que vasculhava a superfície atrás de qualquer coisa que pudesse encontrar.

Por um momento pensou ter visto de novo aquela forma estranha – a que emitia um tipo de luz como a que ele tinha visto no dia anterior. Era um fantasma? Com tantas pessoas em volta e com o sol refletindo em tantas pernas que se mexiam, poderia ter sido qualquer coisa.

◆

– Tô entediado – disse Louis. Ele estava deitado no beliche.

– Quando você vai fazer aquele trabalho de escola? – sua mãe perguntou. Ela estava no banheiro, secando o cabelo. – Você devia começar antes do jantar.

Louis não respondeu. Ele estava exausto de tanto nadar. Naquele momento ele só queria descansar. Mas também queria fazer alguma coisa divertida.

– Cansado? – ela disse. – Eu te disse para fazer isso hoje de manhã.

– Tem que ser digitado – ele falou.

– Use o laptop do seu pai – sua mãe disse, que já tinha tomado banho e estava pronta para o jantar. – Você deveria digitar no trabalho aquela carta que nós temos.

Louis se lembrou da carta. Sua mãe a deixara guardada em um envelope de plástico. Ele imaginou a família Rozencwajg toda encolhida em seu quartinho no La Belle

Isle. Talvez a tia-avó Estera tivesse pegado sua caneta e rasgado um precioso pedaço de papel em branco de seu diário. "Eu escrevo", ela deve ter dito.

Quem ditou a carta? Todo mundo? Sua tia-avó, provavelmente. Mas vovô Lejzer e a tia-avó Frajda claramente acrescentaram uma frase própria. Ficou assim:

8 de setembro de 1939

Querida família,

Soubemos da notícia quando estávamos partindo da França. Nossos corações ficaram muito pesados e todos a bordo estão preocupados. Por favor, fiquem a salvo. Todos vocês. Vocês estão em nossos pensamentos todos os dias.

Se puderem, por favor, escrevam para o Srul no Brasil. Digam a ele como estão, por favor. Nós estamos bem, mas sentimos muita, muita saudade de todos vocês. A viagem tem transcorrido bem. Muitas paisagens novas. "Em Le Havre foi chato", diz o Lejzer. Mas até agora estivemos em segurança e com sorte.

Acabamos de chegar em Lisboa, Portugal. "Tem sol", diz Frajda. Não queremos usar todo o precioso papel do diário de Estera, então vamos parar por aqui. Por favor, escrevam ao Srul assim que puderem. Queremos saber se estão seguros. Amamos muito todos vocês.

Com amor,

Frajda, Lejzer, Estera e Tauba

Quando Louis lera a carta pela primeira vez, ele largou-a sem dizer nada. Mas agora, pensando sobre ela, ele se perguntou algo.

– Como você conseguiu essa carta? – perguntou Louis.
– Ela não foi enviada à Polônia?

– Não – ela respondeu, colocando as joias.

Louis olhou fixamente para ela e então perguntou:

– Por que não?

Capítulo 17

LISBOA, PORTUGAL, 1939

— A tripulação disse que não – Tauba exclamou. – Nenhuma correspondência vai ser enviada. Ninguém pode sair do navio. – Lejzer notou que ela parecia chateada. Ele também estava. Estera ficou frustrada também ao colocar a carta dentro do diário. Como eles teriam notícias da família na Polônia?

O tempo passava. O navio cruzeiro estava preso em Lisboa. Estava programado para pegar um grupo de passageiros portugueses e continuar a viagem. Mas isso fora há cinco dias, causando surpresa e irritação em todos. A guerra, que aumentava, causava muito medo dos submarinos alemães.

O La Belle Isle ficou lá parado no porto, como se estivesse colado para sempre em Portugal. Os Rozencwajgs perambulavam pelo convés ou ficavam um tempão sentados na cabine. Pelo menos eles tinham luz. Lejzer não conseguia parar, ficava mexendo no interruptor o tempo inteiro.

– Para com isso! – sua mãe gritou. Lejzer se sentou, injuriado.

A batalha na Polônia estava se espalhando. Era difícil conseguir detalhes sobre o país em apuros da família. Kazimierz, um dos dois poloneses da tripulação do navio anterior e que haviam sido designados para trabalhar no La Belle Isle, tornara-se a fonte mais confiável de informação dos Rozencwajgs. Ele falava francês o suficiente para descobrir o que estava acontecendo. Apesar de ser convidado a entrar na cabine, ele parecia relutante em fazê-lo.

– Gdansk e Varsóvia foram dominadas pelos alemães – Kazimierz disse. Ele estava com um semblante sombrio.

Lejzer sentiu um arrepio percorrer seu corpo.

– Que outras cidades caíram? – indagou Tauba.

– Piaski está a salvo? – perguntou Lejzer. – Alguém de lá conseguiu escapar?

Kazimierz deu de ombros e questionou:

– Onde fica Piaski?

– Você não sabe onde fica Piaski? – Lejzer falou. Para ele, Piaski era o centro do universo.

– Por que ele saberia? – disse Estera. – A Polônia é cheia de cidadezinhas.

– Fica uma hora ao sul de Lublin – Tauba falou. – De carroça.

– Ah – disse Kazimierz timidamente. – Nunca estive no sul. Gdynia é minha casa.

– Sua família está bem? – Estera perguntou.

Ele deu de ombros novamente. Devia estar se acostumando a fazer isso.

– Não posso voltar para casa – ele disse. – Não tenho mais casa. Se eu tiver sorte, o capitão vai me deixar trabalhar neste navio por bastante tempo.

Kazimierz pediu licença e foi embora.

– Pelo menos temos um país para onde ir – Lejzer falou, sentindo pena do tripulante.

– Ele tem o nome de um rei – disse Estera. Uma lágrima escorreu por seu rosto e ela a enxugou.

– Que rei? – quis saber Lejzer.

– O rei Kazimierz, o Grande, da Polônia, que viveu há uns 600 anos, por volta de 1300 – Estera disse. – Kazimierz, o Grande, ajudou a Polônia a se fortalecer. Ele fundou a cidade de Cracóvia e também deixou que os judeus se instalassem na Polônia quando foram expulsos de outros países.

– Ele era legal com os judeus? – Lejzer perguntou.

– Ele tinha uma amante chamada Esther, que era judia. Isso foi o que o vovô Bron me contou.

– O que é uma amante? – ele indagou.

– Uma amiga bem próxima – sua mãe falou rapidamente, revirando os olhos.

– Ah, sim. Ela deve ter tido bastante influência sobre ele – falou Estera. – Ninguém sabe ao certo. Mas, por causa de Kazimierz, o Grande, a Polônia tem uma longa história de ser razoavelmente amigável com os judeus.

– Não mais – disse Tauba. O silêncio reinou outra vez.

Enfim, depois de seis longos dias, o La Belle Isle recebeu permissão para sair. Não fora o único navio a ficar detido por conta da guerra. O porto de Lisboa estava abarrotado de navios de passageiros e de carga. Todos os dias Lejzer contava os que chegavam. Todos os dias ele ansiava por descer à terra. Todos os dias Kazimierz tinha que dizer "é arriscado demais".

Lejzer observava os novos passageiros portugueses enquanto estes arrastavam suas malas para dentro do navio. Já havia muita fofoca. Cinco dias antes aqueles passageiros deviam ter embarcado, mas foram recusados. Alguns começaram a gritar tão alto que era possível ouvi-los do convés.

No grupo mais barulhento havia seis homens: todos com seus vinte e poucos anos, todos amigos. A maioria tinha cabelo oleoso, partido ao meio. Um deles olhou para Lejzer e acenou com a cabeça. Ele era bem musculoso, com a manga de sua camisa azul-marinho enrolada até o cotovelo. Eles se gabavam sem parar. Fumavam. Pareciam ter sido criados na cidade.

Os jovens portugueses fitaram Estera e Tauba quando elas passaram. Um deles assobiou. Segurando ambas as mãos da filha, Tauba se apressou. Aquilo serviu de sinal para que Lejzer a seguisse também.

– Esta porta fica fechada – mandou Tauba assim que voltaram para a cabine.

– Mesmo quando estivermos aqui dentro? – perguntou Lejzer.

– Sim – a mãe respondeu. – Não confio naqueles portugueses jovens.

– A gente tem que aprender a falar português – disse Lejzer.

Sua mãe olhou fixamente para ele.

– Ele tem razão, mãe – Estera disse rapidamente. – Talvez eles possam nos ensinar. Eles parecem...

– Chega! – disse Tauba. Silêncio. Estera se sentou, amuada. Lejzer ainda não entendia. Para ele, aqueles homens não eram um perigo – não como aquela dupla de enguias no trem em Gdansk. Mas dali em diante, com exceção dos jantares, eles passavam a noite inteira na cabine.

No dia seguinte, o navio já avançara bastante no oceano, indo de Portugal a Dakar, na África. Lejzer se sentia aliviado. No convés, ele admirava a vista ensolarada do mar e ali até o vento era bem-vindo. A vasta quantidade de água o deixava nervoso, mas estava feliz por estarem finalmente indo a algum lugar.

O homem português – o de cabelo escuro e mangas enroladas – estava tirando suas meias pretas. Descalço, ele pegou um pesinho e cuidadosamente enrolou-o na meia para fazer uma bola. Ele e seus amigos começaram a jogar a bola uns para os outros.

Lejzer observava. Um dos homens jogou gentilmente a bola de meia. Lejzer pegou-a e segurou-a. Sua mãe ficaria louca se visse aquilo. Mas por quê? Aqueles caras não pareciam tão maus. Ok, a bola de meia não era limpa, mas e daí? Às vezes ele achava que ela se preocupava demais.

O homem de camisa azul-marinho acenou para que Lejzer jogasse a bola de volta. Foi o que ele fez. O jogo continuou. Um pouco depois Lejzer pegou a bola novamente.

– Como é o seu nome? – disse o homem de mangas enroladas.

– Quê? – Lejzer respondeu em polonês.

O homem apontou para si mesmo.

– João.

Depois João apontou para os amigos:

– Pedro e Joaquim.

João apontou de novo para Lejzer.

– Como é o seu nome?

Lejzer compreendeu.

– Lejzer – ele disse com um sorriso.

– Lej-zer – João repetiu, digerindo aquele nome nada familiar. – Lejzer.

O jogo de arremessar e pegar durou uma hora. Lejzer não falava português e os três homens não falavam polonês, mas se entendiam.

Capítulo 18

EM ALTO-MAR, 1939

O que é aquilo? – Frajda perguntou no convés. Era de noite, depois do jantar. Frajda apontou algo no oceano escuro. A lua era apenas um filete, mas ainda assim sua luz refletia na água, fazendo a noite parecer mais clara do que seria em terra firme.

Outros também notaram o que Frajda vira. Vários passageiros se juntaram aos Rozencwajgs e não demorou para que o convés ficasse cheio. Havia um estranho silêncio entre todos.

Uma pequena bola de luz tremeluzia, como se fosse uma vela distante. Ela provocou um reflexo na água.

– O que é aquilo? – perguntou Lejzer.

– Um navio em chamas – disse o mesmo homem polonês que estava na cabine do outro lado da dos Rozencwajgs. Lejzer achava que aquele homem tinha a mesma idade de seu pai. Ele estava bem vestido, seu bigode era muito bem aparado e ele servira no exército polonês. Agora, plantava repolhos e fora encorajado a imigrar para o Brasil. Ele estava ansioso para deixar a Polônia.

Lejzer observava a bola de luz com atenção. Ele conseguia distinguir as chamas.

BUM!

A pequena bola de fogo irrompeu como uma castanha explodindo na lareira. Vários passageiros se assustaram. Muitos cochichavam incontrolavelmente.

– O motor acabou de explodir – disse o polonês de bigode.

Os passageiros ficaram observando por um tempo. O La Belle Isle navegou para mais perto do barco arruinado, proporcionando a todos uma visão melhor. Agora era possível ver com clareza as chamas engolindo o navio.

– Atingido por um torpedo – o polonês falou. – Pode ser um navio americano.

– E os sobreviventes? – Lejzer indagou. O polonês apenas balançou a cabeça e se virou. Muitos em volta de Lejzer permaneceram em silêncio, mas eles obviamente o haviam escutado. Outros vagavam pelo convés, ansiosos, sentindo-se encurralados. Será que o submarino ainda estava por ali? Seriam eles os próximos?

– Não temos para onde ir – sua mãe disse. Ela estava tão pálida quanto a lua.

Lejzer conseguia imaginar a água salgada vindo de baixo. Ele sabia que isso era bem possível. Enquanto estiveram presos em Lisboa, tivera bastante tempo para explorar o La Belle Isle. Graças a Kazimierz, aprendera o básico: a proa (frente), a popa (parte de trás), estibordo (direita) e bombordo (esquerda). Ele aprendera também que o corpo do navio, o casco, tinha uma espécie de revestimento, conhecido como "costado".

Kazimierz levara o garoto para baixo, onde ele viu partes do bojo, as "costelas" que faziam o contorno do navio.

Lejzer estava empolgado. Era como estar dentro de uma baleia, vendo suas costelas. Ele gostava de saber como as coisas funcionavam.

– Na parte do meio, elas ficam mais juntas para suportar o peso extra – Kazimierz explicara. O tripulante gostava de ensinar; dava uma quebrada na rotina. Ele explicara como o fundo do navio tinha um espaço hermético e vazio. Assim, caso o casco furasse, a água entraria apenas em um compartimento, chamado de duplo-fundo. Acima dele ficava outro espaço hermético, chamado de fundo, onde a carga do navio ficava armazenada.

Mas nada daquilo poderia parar um torpedo quando este fizesse um enorme buraco no casco do navio. Kazimierz confirmara isso, sem falar nada, parecendo fingir que Lejzer não fizera aquela pergunta.

O La Belle Isle se distanciou mais e mais do navio em chamas. Por mais de uma hora, o garoto de doze anos ficou observando o brilho das chamas até se apagarem. Talvez o navio americano tivesse afundado. Essa ideia o deixava aterrorizado demais até para se mover.

A não ser por um pequeno pedaço da lua, estava quase um breu. Os sons do oceano pareciam ameaçadores, como se ele estivesse esperando para engoli-los. Muitos passageiros não conseguiam dormir. Alguns se recusavam a deixar o convés, incluindo a mãe de Lejzer. Ela marchara com as crianças até o quarto totalmente escuro apenas para que pegassem algumas cobertas. Naquela noite eles dormiriam no convés, onde fosse quentinho e confortável – e longe, bem longe da água. Ela decidira que eles se arriscariam com a gangue de portugueses.

Para Lejzer, dormir no convés era uma ótima ideia. Quando mais eles poderiam deitar e observar aquele monte de estrelas? No meio da multidão, ele sentia menos medo. A brisa naquele local aberto, particularmente delicada naquela noite, era muito melhor que aquele trem lotado e fedido. Com certeza era bem melhor que a cabine apertada, onde era difícil respirar e os barulhos do mar ecoavam a noite inteira.

Lejzer ouviu com atenção o ronco do motor. Era um ruído constante e profundo. Ele estava com fome. O "jantar" fora apenas queijo e alguns biscoitos. A comida começava a ficar escassa. Finalmente o cansaço venceu a fome e o medo de torpedos. Ele caiu no sono.

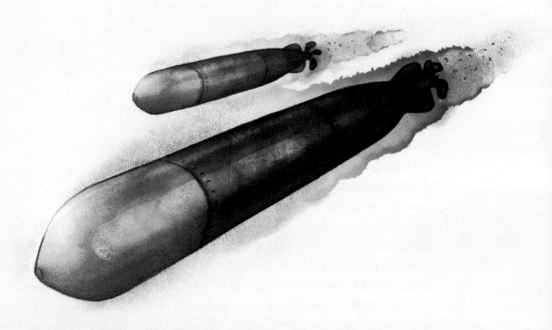

Capítulo 19

NAVIO DE CRUZEIRO, 2004

O jantar demorou uma eternidade. Os garçons estavam mais lentos que o normal para levarem os pãezinhos. Quando estes chegaram, Louis pegou um e deu uma enorme mordida sem passar manteiga mesmo. A salada ele jamais comeria, é claro. A concha de sorvete italiano fora engolida em duas colheradas. Quanto ao principal, feito de frango, arroz e legumes, ele teria deixado passar de bom grado, mas seus pais insistiam que desse pelo menos três garfadas cheias em cada prato antes que o monte de comida rejeitada fosse levada embora.

Roger apertava os olhos, se contorcia e inclinava a cabeça para fazer sinais. Ele decidira que era hora de eles irem embora.

– Vocês me dão licença? – pediu Louis, depois de comer três pedaços da sobremesa. Roger fez o mesmo e, assim que receberam a permissão, os dois saíram em disparada pelo enorme e elegante restaurante.

– Siga-me – disse Roger.

Louis se apressou para acompanhá-lo. Pareciam estar correndo só por correr. Ou será que era uma fuga? Eles passaram voando pelo passeio cheio de butiques fechadas.

– Aonde estamos indo?

– Você vai ver.

Eles passaram correndo pela sala de jogos, viraram à esquerda e empurraram uma porta dupla. Lá fora estava tudo quieto, a não ser pelas fortes rajadas de vento que vinham do oceano e que não eram muito convidativas para uma estadia mais longa ali.

– O que estamos fazendo? – perguntou Louis, agora sem fôlego.

– Veja – disse Roger.

Ele apontou para algo. Diante deles havia vários botes salva-vidas, arrumados de dois em dois.

Roger deu um sorrisinho.

– Ótimos para escalar.

– Melhor não.

– Só um pouco. Vamos fingir que somos homens-rã. Temos que nos infiltrar nesse navio inimigo. Ele está, ahn, cheio de criminosos. A não ser que eles recebam bilhões e bilhões de dólares, vão lançar uma bomba enorme.

Os dois garotos subiram rapidamente em um dos botes que estavam pendurados. Eles se agacharam devagar, até ficarem fora de vista. Louis sabia que não devia estar fazendo aquilo, mas era muito empolgante quebrar algumas regras. Ele contou até sessenta baixinho. Agora já estava pronto para obedecer às regras de novo. Queria brincar nos *video games* do navio, principalmente naquele de matar tubarões enormes que comiam gente.

– Vamos voltar pra sala de *games* – disse Louis. Sem resposta. Louis tentou de novo: – Hoje estão fazendo atividades de artesanato no salão das crianças.

– Cansei dessas coisas – Roger lançou de volta, bufando de leve.

– Você não gosta desse navio? – perguntou Louis. – É tão legal!

– Eles são todos iguais. Você faz o que eles querem que você faça.

– Quantos cruzeiros você já fez?

– Não sei. Uns dez. A gente faz isso todo ano. Às vezes até duas vezes no ano.

Louis estava chocado. A família de Roger devia ter dinheiro, e muito.

– A mamãe e o papai gostam de spas e de salas de ginástica – Roger continuou. – Eles adoram aqueles *shows* idiotas e experimentar vinhos e comer em restaurantes chiques e chatos. – Ele estava falando mais que o normal.

– É, eu odeio ter que usar esse paletó para jantar – disse Louis. – Me dá coceira.

Roger concordou com a cabeça e então acrescentou:

– Eles costumam me enfiar no salão das crianças, para se livrarem de mim.

Louis se sentiu mal por ele. Parecia que Roger queria só ficar em casa, talvez jogar algum jogo de tabuleiro com os pais. Louis também viajava bastante, normalmente porque seus pais tinham que ir a trabalho, mas essas viagens costumavam incluir visitas a parques aquáticos ou a museus para crianças. Ainda assim, o que ele mais gostava era de ficar em casa, sem nada programado.

97

– Qual é nossa missão? – perguntou Louis, rompendo o silêncio.

– Primeiro damos o fora daqui – falou Roger.

Lentamente, os dois espiões internacionais levantaram a cabeça. A barra estava limpa. Roger pulou no convés de madeira, depois engatinhou até as cadeiras vazias do terraço e se escondeu contra a parede. Ele se agachou embaixo de uma janela.

Louis estava prestes a pular também, mas alguém passou pela janela acima de Roger, então ele se enfiou de volta no bote. Aquilo era divertido! Era um jogo criado por eles mesmos. Não era inventado por coordenadores adultos para todas as outras crianças a bordo. O vovô Lejzer devia ter criado vários jogos para ele mesmo quando era garoto.

Louis levantou a cabeça. Nenhum cara mau patrulhando a área. Ele saltou para fora do bote e rolou pelo convés de madeira, só para aumentar a brincadeira. Ágil como uma aranha, engatinhou até Roger e se sentou ao lado dele. Acima de suas cabeças vinham mais dois passageiros, desta vez duas idosas que perambulavam. Os "caras maus" pararam, olharam por um momento para o oceano e depois se foram.

– E agora?

– Siga-me.

Por quase vinte minutos eles rastejaram pelo navio. Os dois se movimentaram rapidamente pelo corredor sem serem notados. Perambularam por um salão de adultos naturalmente, depois se atiraram em direção ao grande teatro antes do *show* daquela noite. Engatinhando pelas fileiras de assentos, eles se esquivaram dos funcionários do palco.

Subiram de fininho dois lances da escada de carpete felpudo e então pararam. Um homem de terno – claramente um dos caras maus – descia em um ritmo acelerado. Os dois garotos se pressionaram contra a parede, sem ter como se esconder. O homem passou rápido por eles, mal notou que estavam ali. Foi por pouco.

Tudo livre. Os dois espiões bem vestidos correram em disparada para fora, em direção a uma das três piscinas. Não havia ninguém lá. Sob a água, as luzes proporcionavam um brilho sinistro.

– E agora? – perguntou Louis.

Roger olhou para ele; um redemoinho ondulado da piscina se refletiu em seu rosto iluminado. Ele parecia um cientista louco. Louis tentou segurar a risada. Aquilo era mais divertido do que ele havia imaginado. Ele não se importava mais com a brisa levemente fresca. Estavam com calor de tanto correr.

– Não temos escolha, a não ser ficar em volta da piscina – disse Louis.

Roger deu um sorrisinho e sussurrou:

– Siga-me.

O amigo de Louis se levantou. Ele caminhou pela borda da piscina como se estivesse numa corda bamba. Louis o seguiu. Eles chegaram a uns três metros do próximo obstáculo: o trampolim.

– Espere – disse Louis. Ele entrou na frente de Roger e subiu no trampolim. E então ele foi até perto da borda dele, abaixou-se lentamente e tentou se pendurar na parte de baixo do trampolim.

– Tá louco? – disse Roger, que estava pasmo. – Você vai se molhar se cair.

– Não é água. É lava – Louis falou numa voz estranha. Agora ele era um espião em uma missão genuína. – Se a gente cair, a gente morre, então não podemos cair.

Deitado no trampolim, Louis balançou a perna esquerda e passou-a por baixo do trampolim. Ele ia abraçar a parte de baixo enquanto se movia da direita para a esquerda e depois voltaria para o meio do trampolim.

Roger observava com atenção. Debaixo do trampolim, Louis passou os braços e as pernas em volta dele e se segurou firme. A tábua era um pouco larga, mas ele conseguiria. Não era muito diferente de passar os braços e as pernas em volta do pai quando ele o carregava no colo. Por causa de seu tamanho, seu pai o carregava cada vez menos.

Agora vinha a parte difícil. Louis jogou o corpo para a esquerda, depois balançou a perna esquerda e colocou-a na parte de cima do trampolim. Seu braço esquerdo era comprido o bastante para segurar na borda oposta para que ele voltasse para cima.

– Consegui! – Louis gritou.

– Shhh! – fez Roger. – Você vai denunciar a gente.

Louis se sentia mais forte, capaz de fazer qualquer coisa.

– Rápido – ele disse. – Os guardas estão vindo.

– Quê? – indagou Roger. Ele não via nenhum guarda.

– A próxima piscina está cheia de tubarões.

Louis saiu correndo. Roger o seguiu. Sem serem percebidos, chegaram à piscina seguinte em dois minutos. Também não havia ninguém por perto. Rapidamente, Louis tirou a camisa e a calça.

– O que você está fazendo? – Roger questionou.

– Os guardas estão vindo! – ele sussurrou de volta.

De cueca, Louis subiu a escada. Aquele trampolim era mais alto que o primeiro. Ele ficou na borda, olhando para baixo. A água estava calma. Ele nunca tinha mergulhado.

– Tá maluco? Não...
TCHIBUM!
Louis mergulhou de cabeça na piscina.

Nada o deixara mais empolgado que seu primeiro contato com a água. Sempre era um grande choque, depois veio uma sensação de alívio, conforme passava de um mundo a outro. Ele não sentia mais medo.

Como um teste, Louis nadou o mais fundo possível. Os "guardas" podiam vê-lo. Ele precisava nadar rápido antes que os tubarões o notassem. Ele conseguiria, sabia que conseguiria.

Os ouvidos de Louis começaram a doer um pouco, então ele desistiu do desafio. Agora que sabia nadar, graças ao Rich, foi dando braçadas facilmente até o outro lado da piscina.

Roger ficou ali, com a boca aberta parecendo um alçapão.

– Você é louco – disse, rindo alto e pegando as roupas secas de Louis. – O que você vai falar pra sua mãe e pro seu pai?

– Foi por isso que eu tirei a roupa – disse Louis ao sair da piscina. – Olha.

Louis apontou para uma espreguiçadeira vazia com uma toalha no encosto. Aparentemente ninguém a havia recolhido. Talvez fosse um sinal: naquela noite ele tinha que mergulhar na piscina.

– Vou só me secar – disse Louis.

– E o seu cabelo?

– Ah... A gente só volta quando ele secar. Não vai demorar.

Louis se vestiu.

– Não vai entrar? – ele perguntou.

– De jeito nenhum!

– E os guardas? Como você...

– Achei outra rota. Vamos, antes que eles nos peguem.

O jogo obviamente continuava. Os garotos começaram a se entrelaçar entre as fileiras de cadeiras todas arrumadas. Depois entraram de fininho e desceram de volta pela escada de carpete felpudo.

Louis correu os dedos pelo cabelo, tentando penteá-lo o melhor possível. Os dois fizeram uma curva no fim do corredor e pararam. Os espiões internacionais haviam acabado de ser pegos. Surgindo diante deles, todos com cara de descontente, estavam seus pais.

O cabelo de Louis estava quase seco. Mas então ele olhou para baixo. Sua cueca molhada havia encharcado seu traje chique.

Capítulo 20

DAKAR, 1939

O fogo explodia em todos os lados. Ele irrompeu pelo convés, como se o navio estivesse possesso. Lejzer se apressou em direção ao corrimão. O oceano lá embaixo estava congelado! Como ele iria pular? Ele estava sozinho e completamente cercado por chamas.

Procurando uma forma de escapar, Lejzer viu a ponte do capitão. Ele olhou mais de perto. Atrás da janela da ponte havia um menino olhando para ele, perfeitamente calmo. O rosto do garoto era coberto de sardas.

Lejzer acordou. Pelo menos achava que tivesse acordado. Atacado por uma luz cegante, seus olhos não conseguiam distinguir nada. Houvera um incêndio ou o navio fora atingido por um torpedo?

Era apenas uma manhã muito ensolarada. Agora mais desperto, ele se sentou lentamente. Tudo parecia quieto.

– Por que o navio não está se movendo? – ele finalmente perguntou à mãe e à irmã.

– Acabamos de chegar em Dakar – disse Estera. – Você teve um pesadelo?

– Sim.

Lejzer precisou de um tempo para se ajustar. Estavam em outro estaleiro. O sol estava tão forte que doía, e era mais quente do que de costume. Seu estômago exigia o café da manhã. Ele se levantou e espiou para além do convés de madeira e do corrimão de metal. Notou uma dupla de funcionários na doca abaixo, esperando para colocar carga a bordo do navio.

– Olha – ele disse, parecendo chocado. – As pessoas são negras.

A família inteira olhou por cima do corrimão. Ninguém havia notado. Os dois funcionários eram mesmo negros.

– Aquilo é tinta? – perguntou Frajda. – Ela sai?

– Não, claro que não – falou Tauba. – Eles nasceram assim.

– Por que eles são assim? – Frajda questionou.

Sua mãe tentou explicar:

– Bem, a maioria das pessoas na África é negra.

– Por quê? – Lejzer indagou.

Ela deu de ombros.

– Porque passam mais tempo no sol, talvez?

– De onde vocês são? – perguntou o viajante polonês que ficava na cabine próxima à dos Rozencwajgs. Ele ouvira a conversa deles.

– Piaski – disse Tauba.

– Você já tinha viajado a algum lugar? – o homem perguntou.

– Fui uma vez para Cracóvia – disse Tauba. – As crianças não. Esta é a primeira viagem deles para fora do país.

– Isso explica – ele disse, rindo. – Nunca viram pessoas negras?

Tauba e Estera pareciam envergonhadas. Lejzer apenas escutava.

– Muitas pessoas no Brasil são negras também – Tauba disse aos filhos.

– São? – perguntou Frajda.

Uma discussão irrompeu. Como gatos no terraço, todos viraram a cabeça. Dois passageiros, marido e mulher, imploravam a um tripulante. Para a surpresa de Lejzer, o casal falava alemão.

O tripulante estava com uma cara estranha, como se entendesse alemão perfeitamente, mas desejando que não fosse o caso. Ele respondeu em francês. Ela implorou novamente. Finalmente, ele ofereceu uma breve frase em alemão e, com isso, se foi.

A passageira caiu de joelhos no convés.

– Por favor, não nos mande de volta – ela gritou em ídiche. Aquilo Lejzer entendeu. Ele tentou ouvir mais alguma coisa, mas um tripulante disse a todos que não estivessem diretamente envolvidos que deixassem o convés e fossem para a parte inferior.

– O que aconteceu com aquele homem e aquela mulher? – Lejzer perguntou, agora que estavam de volta à cabine.

– Eles tinham passaportes alemães – sua mãe falou. – O capitão temeu que fossem espiões.

– Ela falou em ídiche – disse Lejzer.

Sua mãe concordou com a cabeça e então ficou chateada.

– Eles estão sendo deportados para a Alemanha – ela disse baixinho. Por quase um minuto inteiro, ninguém falou nada.

– Eles são mesmo espiões? – Lejzer questionou. – Não pareciam.

– Não sei – a mãe respondeu.

– Ela falou em ídiche. Como poderiam ser espiões alemães?

Sua mãe hesitou e então disse:

– Não sabemos a história toda.

– Vamos falar com o capitão.

– Por que ele nos daria ouvidos? – questionou Estera.

– É melhor do que ficar aqui sem fazer nada – Lejzer disse. – O capitão está sendo malvado.

– Não é da nossa conta! – sua mãe lançou de volta. – Eles se foram!

Lejzer abaixou a cabeça e ficou quieto. Ele se perguntou o que aconteceria ao casal. Pensou novamente no navio em chamas da noite anterior.

Capítulo 21

NAVIO DE CRUZEIRO, 2004

— Ahn... – fora tudo o que Louis conseguia dizer. Seus pais aguardavam, impassíveis. Os pais de Roger faziam o mesmo. Roger olhava para baixo, evitando contato visual. Todos estavam em silêncio no corredor vazio. Não havia pressa para ir embora, não havia por onde escapar; o ar-condicionado estava a toda. Por que as pessoas precisavam de ar frio à noite?

— Você está cheirando a cloro – o pai de Louis disse. – Estava na piscina?

Louis tinha bastante tempo para dar uma resposta – se conseguisse pensar em uma.

— Sem salva-vidas? – disse a mãe, que explodiu. – Vocês sumiram por uma hora!

— Da próxima vez nos avisem! – rosnou a mãe de Roger. Seus pais, que Roger havia acusado de não se importarem com ele, disseram um rápido boa-noite e saíram pisando duro pelo corredor, praticamente arrastando Roger atrás deles. Aparentemente a família preferia demonstrar sua raiva a portas fechadas. Os pais de Louis preferiram ficar onde estavam.

– Por que você foi nadar tão tarde? – a mãe gritou.

– As pessoas se afogam em piscinas o tempo todo – seu pai falou. Silêncio. Qualquer esperança de que o papai ficasse a seu lado havia desmoronado.

Sua mãe continuou olhando fixamente para ele e então disse:

– Há tantas atividades! Você não precisa fazer essas coisas idiotas... Por que você fez isso?

De novo aquela pergunta. De novo eles aguardaram. Essa era a pior parte. Ele era forçado a explicar o que não podia. Depois de engolir em seco, Louis murmurou:

– Eu... Eu estava entediado.

– Entediado? – sua mãe exclamou. – Há de tudo neste navio!

– Cresça! – rosnou seu pai. Ele raramente ficava bravo daquele jeito. – Não tem como ficar entretido a cada segundo da sua vida!

– Às vezes, a vida é chata – a mãe falou.

– E daí se é? – seu pai berrou. – Acha que isso vai te matar?

Seu pai fez uma pausa e então veio o anúncio:

– Amanhã você vai passar o dia inteiro na cabine. Sem atividades, sem TV, sem iTunes, sem computador. Vai ficar só lendo. Ou, melhor ainda, sem fazer nada. E daí você vai ter uma ideia do que seu avô passou quando ele estava num navio.

Louis permaneceu calado.

– Você não faz ideia do que ele passou, né? – disse o pai. – Acha que seu avô teve alguma coisa perto disso?

De novo aquela comparação irritante entre a vida de antes e a de agora. Como ele poderia se defender?

– Por falar nisso, pode voltar a fazer seu trabalho. Amanhã. Agora vá tirar essas roupas e tomar um banho.

Seus pais saíram andando. Só o ar-condicionado ficou. Sozinho por apenas um momento, tremendo, Louis os seguiu.

Capítulo 22

DAKAR, 1939

No dia seguinte, a tripulação anunciou que todos os passageiros deveriam deixar o La Belle Isle. Eles foram transportados a um outro navio que estava no porto. O La Belle Isle foi embora de Dakar. Em cinco dias ele retornaria. Por quê? Ninguém explicava. Muitos, preocupados, achavam que o navio jamais voltaria.

Durante sete dias excruciantes, os Rozencwajgs e todos os outros tiveram que ficar sentados em um navio atracado no porto de Dakar. Lejzer estava zangado. Estava cansado de navios, de esperar, de sentir fome. Ele também estava entediado e cheio por não ter amigos. Os portugueses haviam ficado entre eles mesmos. Ele estava cansado de brincar de amarelinha e de bate-palma com Frajda. Estera não queria mais brincar de esconde-esconde nem de nada. Tudo parecia incrivelmente chato.

Lejzer foi até perto da parte da frente do navio. Ele olhou para cima. Havia um cabo de aço enorme que saía da ponta da proa e ia até o topo do mastro dianteiro. Pequenos filamentos de aço se trançavam. Como uma corda gigante, ele parecia muito fácil de se segurar e escalar.

É claro. Por que ele não tinha pensado nisso antes?

Lejzer olhou em volta. Para sua surpresa, ele estava sozinho.

Segurou no cabo, que estava bem esticado. Lejzer montou no cabo e depois passou as pernas por ele. Como uma lagarta, ele esticou os braços e puxou o corpo ao longo do cabo. Aquilo era divertido! Tudo o que ele precisava fazer era manter as pernas em volta do cabo. Era fácil.

O vento ficava mais forte conforme ele subia. O cabo balançava. Lejzer se perguntou se conseguiria chegar ao topo do mastro e depois deslizar de volta até lá embaixo sem ninguém vê-lo. Aquele seria seu segredinho.

Era fácil segurar o cabo grosso e cheio de ferrugem. Ele subiu mais alguns metros. E então veio uma rajada de vento. Lejzer oscilava para cima e para baixo, mas se segurava. Aquilo era ótimo!

– Desça daí! Já! – uma voz gritou em polonês. Kazimierz estava de volta. O La Belle Isle havia retornado?

– Vamos! Desça! – Kazimierz mandou. Ele estava bravo. Lejzer ficou com medo; o breve momento de diversão obviamente chegara ao fim. Ele respirou profundamente e deslizou para baixo.

E então um corte – um corte profundo – se fez na palma de sua mão. Devia ter sido um pedacinho solto da trama de aço. Lejzer olhou para sua mão. Sangue jorrava do corte. Ele entrou em pânico. Suas pernas escorregaram do cabo, forçando-o a se pendurar com uma mão só.

– Cuidado! – gritou Kazimierz, que havia se posicionado embaixo.

Por um momento Lejzer achou que fosse cair. Ele segurou firme. E então, tirando forças de algum lugar, balançou as pernas e colocou-as de volta no cabo. Ele arfou profundamente e então desceu aos poucos. Ainda não havia chegado ao final quando Kazimierz o puxou.

– Venha rápido! – disse o tripulante, enquanto pegava um lenço para enfaixar a mão ferida de Lejzer.

◈

– Você é idiota? – disse Kazimierz. Ele estava quase terminando de enfaixar a mão de Lejzer na cabine da tripulação. – Daquela altura dava para você ter quebrado as duas pernas, ou mesmo a coluna. Acredite, você não vai querer que os médicos de Dakar cuidem de você.

Lejzer ficou em silêncio.

– Lejzer.... – Kazimierz parou, como se precisasse reunir os pensamentos. – Você tem alguma ideia do que os alemães vão fazer com os judeus na Polônia?

– Como assim?

– Você não sabe?

Lejzer chacoalhou a cabeça em negação.

– A Polônia vai se render à Alemanha muito em breve. Acabaram de anunciar isso.

Lejzer se sentou, em choque. Ele fitou a parede de aço vazia à sua frente.

– Entendeu? Você saiu bem na hora.

Lejzer ficou preocupado. Ele ainda não tinha ideia se sua família na Polônia estava a salvo.

Kazimierz esperou um momento e então disse:

– Há milhões de pessoas que matariam para ter a sorte que você teve. E você joga isso fora! Qual é o seu problema?

Lejzer se manteve em silêncio.

– Você tem um futuro no Brasil – o tripulante disse. – Você pode fazer algo incrível. Quem sabe? Nos dias de hoje, ter um futuro, qualquer que seja ele, é uma dádiva enorme.

Lejzer concordou com a cabeça e então se lembrou de como no último verão na Polônia o vovô Bron havia demorado para responder sua pergunta sobre a escola. De pé no quintal, o velho homem olhava para o nada. O pônei branco mascava feno.

– Duvido que a escola vá abrir em setembro – disse o vovô Bron depois de uma longa pausa, com um olhar estranho.

Agora Lejzer entendia o porquê: vovô Bron sabia que a Polônia não estaria mais livre.

Lejzer se recordou do que houve em seguida. Seu avô queria conversar. Eles se sentaram nos dois banquinhos de madeira que ficavam no quintal. Era o lugar favorito deles; muitas vezes tinham estudado a Torá ali.

– Sei que você está chateado por causa de seu *bar mitzvah*.

Era verdade.

– É difícil dizer se você vai poder continuar no Brasil. – Vovô Bron fez uma pausa. Uma mosca pousou no joelho do velho. Ele a espantou.

– Nesse momento... – vovô Bron hesitou. – Nesse momento você deve virar um homem. Sem estudo. O estudo importa muito, mas a sobrevivência é mais importante. Sua viagem será longa. Não vai ser fácil, então quero que me prometa que vai cuidar das suas irmãs e da sua mãe. Elas vão precisar de você.

Lejzer compreendeu. Ele fez a promessa. Um sorriso de encorajamento se fez nas linhas enrugadas do rosto do vovô Bron. Um rosto que era quase sempre severo, porém amigável, notou seu neto, que o estudara muitas vezes.

Então, ele disse:

– Mesmo longe, estou sempre com você.

Vovô Bron concordou com a cabeça. Os dois se abraçaram no que pareceu ser um impulso. Nenhum dos dois soltou logo, nem mesmo quando aquela mosca irritante voltou e pousou no braço de Lejzer.

Lejzer estava sentado na sala da tripulação do navio, olhando fixamente para as bandagens enquanto Kazimierz arrumava tudo. Ele se sentia muito envergonhado. Será que havia quebrado a promessa que fizera ao avô porque estava entediado? Lejzer fez um voto: teria mais cuidado; trabalharia duro no Brasil; faria o que fosse preciso para sobreviver.

Sua mãe teria gritado com ele. Mas não havia tempo. O La Belle Isle havia mesmo retornado, como prometido. Todos os passageiros estavam muito felizes de arrastarem suas malas pelas docas e se instalarem novamente em suas cabines. Lejzer usou a mão que estava boa para carregar sua bagagem.

No começo da noite, o La Belle Isle partiu de Dakar. Finalmente, o último trecho da viagem começava: da África ao Brasil. Sentir que o navio se movia novamente, mesmo que balançando um pouco, era uma sensação maravilhosa de alívio.

Mas cruzar o Atlântico Norte era arriscado. Dizia-se que os submarinos alemães estavam afundando navios por todos os lados. Como precaução, o La Belle Isle iria bem para o sul, permanecendo próximo à costa africana e então viraria para o oeste, cruzando o Atlântico Sul, antes de rumar ao norte, em direção à cidade portuária de Recife, no Brasil. Só então o navio viajaria ao sul novamente, em direção ao Rio de Janeiro. Isso acrescentaria ao menos mais uma semana à viagem. A viagem inteira já fora estendida em três semanas além de sua programação original. Alguns passageiros reclamavam – se eles pudessem navegar em linha reta pelo Atlântico de Dakar a Recife, a viagem demoraria cerca de cinco dias.

Naquela noite, a mãe de Lejzer insistira para que a família dormisse no convés, de roupa e perto dos botes salva-vidas. Ela podia ter medo dos portugueses, mas um ataque de um submarino alemão a aterrorizava ainda mais. E pelo jeito ela não era a única. O convés logo se encheu de passageiros nervosos, se amontoando para ficarem seguros. Havia camas e cobertas espalhadas por todo lado; parecia uma sala de emergência provisória.

A mão de Lejzer estava inflamada, mas ele se recusava a reclamar. Sem conseguir dormir, ele se levantou e ficou observando o oceano. Estava relativamente calmo. A lua estava cheia.

Por muito tempo ele fitou as águas. E então viu, misturado a uma marola. Ele viu o rosto de um menino: cabelo castanho, algumas sardas, olhos azuis. O menino o fitava de volta.

Assustado, Lejzer tremeu, depois apertou os olhos. Ele estava mesmo vendo aquilo? Não, devia ser o efeito da fome e da dor de cabeça que não passava.

A onda veio e se foi; e com ela, a face evaporou. Não era ninguém que ele reconhecia. Um dia, talvez, quem sabe ele visse essa pessoa...

Lejzer olhou em volta. A maioria das pessoas no convés estava dormindo. Felizmente, alguns roncos repulsivos eram abafados pela brisa firme que vinha do oceano. Ele se sentia sozinho e cansado. Se apenas aquela viagem terminasse... E então um pensamento novo em folha lhe veio: aqueles dias, por pior que fossem, iriam acabar logo e ele iniciaria uma nova vida – e ainda havia muito a ser feito.

Capítulo 23

EM ALTO-MAR, 1939

Foi inevitável: seis dias de um tempo ótimo e então uma tempestade veio com tudo. Sem aviso, onda após onda batia com força no navio, derrubando passageiros e tripulantes. Uma onda malévola atingiu o convés.

– Desçam – Tauba berrou aos filhos, que estavam encharcados e morrendo de frio.

– E os submarinos? – Lejzer e Estera gritaram em uníssono.

– Eles não vão atacar durante a tempestade – berrou outro passageiro, que os ouvira.

– Quem disse que não? – questionou outro. – Debaixo d'água não tem tempestade.

Alemães ou não, todos deixaram o convés em meio a um tumulto e passaram pelas pequenas portas que levavam às cabines lá embaixo. Não era uma retirada agradável. Um fedor horrível de suor, vômito e daqueles que nunca saíam das cabines e nunca tomavam banho dominara o local.

E não havia brisa alguma. Lejzer e sua família haviam ficado mal-acostumados com o ar fresco.

Lejzer ficou sentado na escuridão, tapando o nariz e tentando se manter aquecido. A água salgada havia encharcado sua bandagem, fazendo com que o corte ardesse.

Às vezes ele não conseguia deixar de pensar: o casco sendo detonado, um torpedo, grandes pedaços de metal estropiado, a água jorrando. Seus medos pioravam à noite, na cabine, na escuridão. Ele odiava o escuro. Parte dele desejava que um torpedo os atingisse, porque então eles poderiam parar de sentir medo, saberiam como era de verdade. Sabia que não devia pensar assim, mas pensava. Ele estava cheio da viagem. Mas nunca compartilhava tais pensamentos.

– Às vezes, eu queria ser um peixe – ele disse. Sua mãe e suas irmãs deram uma risadinha.

No dia seguinte, a tempestade cessara. Mas a fome não. A tripulação havia racionado a comida a apenas alguns biscoitos por dia. Dores de cabeça e náusea eram frequentes. Agora, todos os dias os passageiros reclamavam da falta de comida e da estupidez do capitão. Durante sete dias, enquanto estavam em Dakar, nada fora feito para abastecer o navio. Aquele capitão, que, aliás, ninguém nunca via, era idiota? Ele não se importava com os passageiros?

Ter menos comida seria até uma preparação para o *Yom Kippur*. Tauba lembrou os filhos sobre o dia mais sagrado do ano. Todos os judeus adultos e crianças acima de treze anos deveriam jejuar por 24 horas, a não ser que não pudessem por algum motivo de saúde. No ano anterior, Lejzer conseguira jejuar por quase todo o *Yom Kippur*. Já com fome, ele achava que aquela viagem inteira era como o dia mais sagrado do ano.

– Enquanto guardamos esse dia, falem baixo – Tauba disse aos filhos. – É difícil dizer em quem podemos confiar neste navio. – Ela tirou uma cópia da Torá de dentro de uma sacolinha de tecido.

– Vamos escolher as seções mais importantes – disse Estera.

Lejzer e Estera se revezavam na leitura. Tauba leu algumas frases importantes que havia memorizado de cerimônias anteriores. Todos ouviam, até mesmo Frajda. Lejzer admirava como sua irmã de seis anos prestava atenção.

Sem ter planejado, a família ficou na cabine por horas, lendo, fazendo pausas, admitindo pecados, pedindo perdão. Lejzer pediu perdão por ter subido no cabo e arriscado a própria vida.

Eles leram bastante. Às vezes entendiam o que liam, outras não. Se Estera não sabia uma passagem, Lejzer tentava ajudá-la. Se eles realmente não conhecessem alguma palavra, a pulavam. Mantiveram a voz num volume baixo para que ninguém mais a bordo os ouvisse. Até onde sabiam, ninguém os escutara.

Quando chegaram ao final, na parte em que se tocava o *shofar*, era quase fim de tarde. O último raio de sol laranja mal iluminava a cabine, mesmo assim Lejzer conseguiu ler os escritos em hebraico da Torá. Mas não tinham um *shofar*. Onde arrumariam algo que se parecesse com um chifre de carneiro a bordo de um navio no meio do Atlântico Sul?

E então um verdadeiro milagre aconteceu. Quase no mesmo momento, quando o *shofar* devia ser tocado, o navio acionou as buzinas de neblina. Os Rozencwajgs se olharam em choque e então todos gargalharam. Eles não conseguiam acreditar naquela sincronia quase perfeita. Aparentemente, outro navio estava por perto e precisava ser alertado para que se evitasse uma colisão no mar. Talvez Deus estivesse tomando conta deles. Certamente era o que parecia. Sentindo-se gratos, todos fizeram seus desejos para o ano-novo.

Quando finalmente chegou o momento de quebrar o jejum, Tauba pegou alguns biscoitos. Ela encorajou os filhos a comer devagar, pois era tudo o que havia.

– Ainda estou com fome – Frajda disse alguns minutos depois.

– Eu sei, querida – a mãe falou. – Todos estamos.

– A gente vai ficar com fome assim pra sempre?

Tauba deu um suspiro, e então sorriu para sua filha mais nova e disse:

– Quando chegarmos no Brasil, vou fazer tanta comida para você que vamos precisar da ajuda de todos os nossos parentes para comer.

Frajda ficou radiante com a ideia.

– Quando a gente chega no Brasil? – ela quis saber.

Tauba acariciou os cabelos da filha.

– Logo. Precisamos ter paciência.

– Eu tô com fome agora – Frajda chorou. Sua mãe lhe ofereceu o último biscoito e depois a abraçou delicadamente. Aquele pouco a mais pareceu ter ajudado. Cansados, todos se aprontaram para dormir.

– *Shanah Tovah* – Tauba disse aos filhos, desejando-lhes feliz ano novo.

Brincar de pega-pega, esconde-esconde e outras distrações não duravam muito. A fome nunca passava. Ela ia e vinha em diferentes níveis. Com o tempo, os Rozencwajgs e quase todo mundo haviam se ajustado à falta de comida o melhor que podiam.

Ou melhor, todos, com exceção das vinte e poucas pessoas na primeira classe. Elas pareciam ter bastante comida.

Depois de ouvir tanto sobre o tal restaurante exclusivo para os passageiros de primeira classe, Lejzer decidiu investigar. Subindo de fininho um lance de escadas, conseguiu espiar pela porta principal. Não havia mais ninguém em volta.

O pequeno restaurante parecia fabuloso. Ele nunca havia visto um cômodo tão chique, toalhas de mesa tão brancas e limpas, cadeiras tão macias e confortáveis, painéis de madeira nas paredes, maçanetas brilhantes de metal. O lugar era silencioso como uma sinagoga. As pessoas comiam devagar e falavam em sussurros.

Era hora do café da manhã. Lejzer viu o prato de um passageiro: uma omelete com linguiça, queijo, pão francês e um copo de suco natural de laranja. De onde viera toda aquela comida? Ele só tinha biscoitos para mordiscar. Por que ele não podia se refestelar com omeletes e linguiças?

Linguiça? Ele? Linguiça não era *kasher*. O que ele estava pensando? Lejzer jamais comeria aquela comida proibida. Certo? Ele se lembrou do sonho engraçado de sua mãe em Piaski. Mas lá estava, aquele elo suculento, sozinho no prato de um passageiro, com uma cara tão irresistível...

Será que comer linguiça realmente ia fazer sua enorme fome desaparecer? "Talvez seja um teste", Lejzer pensou.

A viagem inteira parecia um teste – no qual ele não sabia se estava sendo aprovado. Ele não fizera nada para estudar para seu *bar mitzvah* e no ano seguinte faria treze anos. Era bem possível que ele nunca o tivesse. Então, pensou em seu amigo Simon, de Piaski. Será que ele conseguia estudar com os ataques?

– Cai fora daqui – rosnou um garçom francês que saiu abruptamente pela pequena porta da frente. Ele vestia um uniforme branco e limpo. As roupas de Lejzer, que ele usara por vários dias seguidos, estavam encardidas. Alguns passageiros da primeira classe olhavam para ele. Obviamente indesejado, o garoto saiu apressado sem protestar.

Indo de volta para o quarto, Lejzer percebeu que mais comida havia sido trazida de Dakar – apenas para os passageiros da primeira classe! Ele estava zangado.

– Há gente na primeira classe em todos os navios como este – sua mãe explicava dentro da cabine gelada e apertada. – Eles pagam mais que nós, então têm direito a uma comida melhor.

– Não é justo – Lejzer disse num breve momento desafiador.

– Pode ser – ela respondeu com calma. – Seja grato pela comida que tem. Suspeito de que logo as pessoas ficarão sem nenhuma na Polônia.

– Além disso, – Lejzer finalmente admitiu – eles têm linguiça.

– Ah – sua mãe respondeu. – Então estamos melhores que eles.

O garoto mordiscou seu biscoito quadrado de água e sal, um canto de cada vez. Ele imaginava cada grão do tamanho de seu punho.

Capítulo 24

PIASKI, 2004

Ele olhava para todos os lados. Nada. Nenhum sinal do velho cemitério. O guia da cidade havia indicado aquele local. Naqueles dias, o lugar não passava de um estacionamento de terra, com o chão encharcado de óleo de carro. As lápides não estavam mais lá, nenhuma delas. Pelo que Louis sabia, seus tetravós e outros ancestrais distantes estavam enterrados ali embaixo. Será que aquele era o mesmo cemitério no qual seu avô se escondia e levava bronca por isso?

Agora ele era usado como parte de um mercado. Havia lixo e feirantes por todos os lados. Os vendedores chegavam lá e vendiam CDs pirateados, rádios baratos, utensílios de cozinha de plástico, chaves de fenda, bananas e peras machucadas – um monte de porcaria sem valor. Então eles foram embora. Aquilo era Piaski em um sábado. O *Shabbat* e os judeus não existiam mais há muito tempo.

Louis estava em uma rua que devia ser perto de onde era a casa de seu avô. Onde ela ficava? Não existia mais.

O bairro inteiro sumira, bombardeado décadas antes quando o exército de Stalin caçava os nazistas em 1945. O guia local explicava tudo.

Demorou um pouco para chegarem a Piaski. O navio de cruzeiro havia chegado em Lisboa no tempo programado. Louis e seus pais se despediram de Roger e sua família. Eles ficaram lá por dois dias e então pegaram um avião para a Polônia. Eles desceram em Cracóvia. Lá, Louis viu os primeiros sinais: Kazimierz, o gueto judeu quase vazio. Aquele pedaço preservado da história era o local onde um filme famoso fora gravado alguns anos antes, mas Louis era ainda novo demais para vê-lo.

Depois eles pegaram um trem até Varsóvia. Louis ficou impressionado com a Cidade Velha (*Stare Miasto*), um lugar com centenas de anos e que fora completamente destruído na Segunda Guerra e reconstruído a partir de plantas das construções e de fotografias antigas. Com atenção, era possível ver que havia muitas lembranças da guerra na Polônia e também muitas homenagens que mantinham o passado vivo, apesar de toda a destruição.

Piaski não fora reconstruída. Os judeus nunca voltaram. Louis e seus pais ficaram parados na rua, quietos. Sua mãe estava imersa em pensamentos. Os turistas comuns não iam para lá. Não havia lojas de *souvenir*, havia só um restaurante para os locais e nenhum museu. Louis sempre achava os museus chatos, mas agora ele desejava que aquela cidade sonolenta tivesse um.

Ele tentou imaginar o primeiro dia de viagem do vovô Lejzer: em agosto, antes de o sol nascer, no silêncio. As despedidas deviam ter durado muito tempo. A carroça e o cavalo que os levaram a Lublin deviam ter viajado por uma estrada cheia de buracos, não pavimentada como a de agora.

Louis olhou em volta do velho bairro, para o que sobrara dele, e então seus olhos se fixaram na rua em que ele se encontrava. Chovera no dia anterior; ainda havia poças por todos os lados. Louis fitou uma delas. Às vezes, ele achava muito relaxante ficar apenas olhando para nada em particular.

E então chegou companhia. Próximo ao rosto dele havia outro, um reflexo de um homem que sorriu e acenou. Vovô Lejzer?

Louis sentiu um arrepio. Ele se virou rapidamente. Não havia ninguém lá. Ele não estava tão perto do pai, nem do guia, e nenhum estranho passara ali. Ele olhou de novo para a pequena poça. O rosto – ele podia jurar que acabara de ver o reflexo de um – já não estava mais lá. Ele tremeu. Um espírito? Ele não estava acostumado a ver espíritos. Alguém acreditaria nele? Talvez sua mãe. Ela acreditava nessas coisas. Mas ele preferiu não dizer nada.

Já estava chegando a hora de partir. Eles passariam aquela noite em Lublin, viajariam rumo ao norte, para Gdynia, como seu avô, suas tias-avós e sua bisavó haviam feito 65 anos antes. Às vezes Louis desejava de verdade ter conhecido o avô. Ele sentia uma ligação crescente entre eles – quase como uma dádiva.

Capítulo 25

LA BELLE ISLE, 1939

O navio chegou em Recife como prometido? Em sete dias? Não. O La Belle Isle ainda estava cruzando o Oceano Atlântico, rumando em direção ao norte. E continuava sem comida.

Entre os passageiros famintos se espalhava o boato sobre o restaurante bonito e exclusivo para passageiros da primeira classe. Lejzer não fora o único a ser chutado de lá recentemente. Durante as refeições, um tripulante tinha que ficar de guarda na escadaria.

O ressentimento aumentava. Os passageiros portugueses, principalmente João e seus cinco amigos, haviam perdido a paciência. O grupo de seis e mais quatro passageiros se aproximaram do guarda. Lejzer os seguiu, mas ficou fora de vista.

O garoto observava. João exigiu mais comida. O guarda se recusava a deixar os manifestantes entrarem. Primeiro houve um empurrão, depois outro, e então um soco na cara do guarda. Lejzer não viu quem deu o soco.

Será que foi o João? Tentando revidar, o tripulante solitário logo foi vencido.

– Parem! – Lejzer gritou em ídiche. O grupo inteiro se virou e o fitou. Ele devia ter falado em polonês, mas esqueceu. – Por favor, não o machuquem – Lejzer disse em polonês, sabendo que nenhum deles o entenderia.

– Cuide da sua vida – rosnou um dos portugueses. Ele provavelmente tinha dito aquilo, mas Lejzer não entendeu. Ele olhava para João, que então falou com o amigo. Talvez, como aparente líder daquele grupo incontrolável, João tivesse percebido que eles estavam indo longe demais. Mas ninguém ouvia. Quatro dos amigos de João começaram a gritar, exigindo mais comida. A pequena turba tentou invadir a cozinha do pequeno restaurante.

Vários membros da tripulação se apressaram para ajudar o guarda. Os irados passageiros portugueses gritavam em sua língua enquanto a tripulação, cuja maior parte era francesa, gritava de volta na dela. Lejzer se perguntou se alguém ali conseguia se entender.

A briga continuou. E então, de repente, simplesmente parou – primeiro os tripulantes, depois os passageiros.

O capitão acabara de aparecer. Ele se parecia mesmo com um capitão: quepe branco, casaco escuro, calça branca, cabelo e barba grisalhos. Ele chamava atenção. Lejzer deu um suspiro de alívio.

Parecia que o capitão entendia o problema. Ele entrou no restaurante e fechou a porta atrás dele, aparentemente para falar primeiro com os passageiros da primeira classe. Lá fora, a multidão e a tripulação aguardavam em silêncio. Bravos como estavam, ninguém iria começar um motim.

Alguns minutos se passaram até o capitão reaparecer. Ele olhou para a multidão e fez o seguinte anúncio: algumas das comidas dos passageiros da primeira classe seriam servidas para os passageiros da classe econômica. Não sobrara muita coisa além de arenque e pãezinhos. Mas a tripulação iria dividi-los igualmente entre todos.

O capitão continuou falando, em francês, com uma voz estrondosa. Ao seu lado havia um tripulante que podia traduzir o que ele dizia para português. Kazimierz podia traduzir para o polonês. O comandante do navio explicou que não fora possível conseguir comida no Marrocos nem em Lisboa depois que o La Belle Isle deixara todo mundo em Dakar por sete dias. A guerra estava cortando muitos navios de irem à Europa e à África e os governos estavam dificultando as coisas. A comida do navio praticamente se esgotara quando chegara a Dakar. A tripulação havia levado o máximo de comida possível a bordo.

Por meio dos tradutores, o capitão fez uma observação:
– Todos devem se considerar pessoas de sorte. Parece que a Alemanha não vai parar de avançar sobre a Polônia.

Lejzer levantou rapidamente a cabeça. Era verdade. A Polônia havia se rendido.

O capitão acrescentou:
– Não se surpreendam se a Alemanha atacar a Bélgica, a França e a Grã-Bretanha. Estamos no início de uma nova guerra mundial.

Houve silêncio. O capitão foi embora. Ele parecia um homem justo e razoável, Lejzer pensou, apesar de tudo o que falavam de ruim dele. Ele estava sob muita pressão, fazendo seu melhor para que um indefeso navio de passageiros cruzasse o Atlântico quando isso não era algo seguro.

Entre outras coisas, ele mencionara que os submarinos alemães haviam afundado mais de 25 navios cargueiros e de passageiros nos últimos quatro meses.

Sob ordens rigorosas do capitão, os dois passageiros portugueses que haviam ferido o guarda do restaurante foram mantidos em suas cabines pelo resto do dia. Se eles ou qualquer outra pessoa causassem mais algum problema, o comandante do navio os deixaria trancados até chegarem em Recife e lá os prenderia.

A mãe de Lejzer disse que o capitão estava sendo mole com aqueles dois. Bater num membro da tripulação a bordo do navio era uma ofensa muito séria. Mas ele entendia que os passageiros estavam frustrados.

João não era um dos que haviam batido no guarda. Mas Lejzer notou, no convés, que aquele passageiro metido agora parecia mais quieto, até humilde.

Capítulo 26

RECIFE E RIO DE JANEIRO, 1939

Treze dias após deixar a África, o La Belle Isle chegou ao Recife, uma das maiores cidades do Nordeste brasileiro. Os Rozencwajgs ainda tinham que esperar mais dois dias antes de partirem para o Rio de Janeiro. Parecia outro teste de paciência. A família se juntou no convés para observar, com inveja, alguns passageiros desembarcando. Um deles era o polonês que ficava na cabine próxima à deles. O ex-soldado do exército polonês se ajoelhou e beijou o solo. Todos a bordo riram. Mas era provável que fizessem o mesmo.

O navio estava com menos passageiros, mas também com menos comida. Os arenques da primeira classe tinham acabado. Por pena, Kazimierz conseguira de algum jeito alguns produtos frescos, incluindo caqui. Era uma fruta com formato de um tomate e de um vermelho claro. Ele deu quatro caquis extras para a família. Nenhum deles havia provado nem visto um caqui antes. Mas todos adoraram aquela fruta doce e suculenta.

◈

Na manhã seguinte, logo cedo, o navio finalmente partiu de Recife. O Rio de Janeiro ficava a aproximadamente doze horas de viagem. Lejzer estava no convés, contando os minutos. Seu estômago roncava e ele se sentia tonto, pois havia dormido muito pouco na noite interior. Ele só pensava em sair do navio e ver seu pai novamente. Quatro longos anos haviam se passado.

Depois de mordiscar algumas bolachas no café da manhã, a família voltou para a cabine para arrumar as malas. Isso os deixava ocupados, mas cada hora que passava parecia uma eternidade. Todos trocaram de roupa. Os sapatos de Estera, estragados pela água da chuva, estavam se desfazendo.

Cada membro da família tomou banho rapidamente, pois havia pouca água quente. Mas pelo menos deu para um pouco – não fora como aquela primeira experiência em Lublin.

– A gente saiu de Piaski há seis semanas – disse Lejzer, depois de perceber que já era o dia 1º de outubro. Sua mãe concordou com a cabeça. Fora uma viagem longuíssima. Estera parecia já saber. Mas os olhos de Frajda se arregalaram com aquela constatação.

A família foi esperar no convés. Eles mordiscaram seu último jantar. Bolachas, claro. Lejzer jurou que não iria mais tocar em bolachas por pelo menos uma década.

Finalmente eles o avistaram: seu futuro lar. Como em sua última hora em Piaski, o Rio de Janeiro agora surgia à frente deles na escuridão. As luzes da cidade se espalhavam perto da água e ao longe havia morros. O lugar inteiro cintilava e era enorme.

Sobre a cidade, no topo de uma montanha alta e estreita, havia uma estátua gigante de Jesus Cristo, toda iluminada contra o céu escuro. Ele parecia dar as boas-vindas aos recém-chegados.

Tauba fitou-o.

– Esse é um país muito católico – ela cochichou de forma nervosa antes de engolir em seco. – Espero que sejamos bem-vindos.

Lejzer pensou ter visto a silhueta do famoso Pão de Açúcar no céu da noite. Ele sabia que o nome era esse em português – a única expressão que ele sabia naquela língua desconhecida. Teria que aprendê-la.

A brisa da primavera era bem morna. Na Polônia, o mês de outubro podia ser gelado. Os Rozencwajgs, de pé no convés, tomando conta da bagagem, acharam aquilo estranho.

Todos os passageiros estavam ansiosos para sair daquele barco horrível.

– Onde está o papai? – Lejzer perguntou.

– Só vamos vê-lo depois de passar pela alfândega – sua mãe disse.

Mais uma vez, Lejzer tinha que esperar. Ele nunca esperara tanto na vida. Pareceu se passar uma eternidade enquanto o navio atracava. Quando o capitão iria libertar todo mundo?

Capítulo 27

MAJDANEK, 2004

— Achei que eu fosse lá sozinho – disse o pai de Louis.

– Eu também quero ver – a mãe falou. – Tudo bem.

Foi tudo o que Louis ouviu de uma discussão discreta entre os pais. Eles estavam em um pequeno hotel em Lublin.

Os cochichos continuavam. Fingindo não ouvir, Louis assistia a desenhos em polonês. Seja lá o que fosse, a mamãe parecia estar ganhando.

No saguão, depois do café da manhã, o guia e o motorista aguardavam.

– Todos vocês estão indo para Majdanek? – perguntou o guia, um estudante universitário.

– Sim – disse o pai, parecendo um pouco preocupado. – Todos nós vamos.

Louis se perguntava qual era o problema.

– É um campo – seu pai explicou. – Foi construído não muito depois de seu avô ter partido.

– Ah, um campo – Louis falou. – Parece divertido.

– É um campo da Segunda Guerra Mundial, onde os presos eram mantidos – seu pai disse. – Não é um lugar agradável.

– Então pra que ir até lá?

– Porque é história. Parte importante da história. – Seu tom de voz era sombrio.

– Na verdade, – disse a mãe de Louis – a tia Estera dizia que eles costumavam passar férias em Majdanek. Faziam piqueniques ou coisas do tipo.

O pai de Louis olhou incrédulo para a esposa.

– É verdade – ela disse. – Antes da guerra. Antes de ser um campo.

Os portões de ferro de Majdanek davam para uma estrada asfaltada e toda rachada. Barracas retangulares, todas de madeira, estavam espalhadas por todos os lados. Pareciam todas iguais, marrons, enormes, de um andar só, com telhados em forma de A. Elas eram separadas por vários metros de grama cortada recentemente que parecia uma mistura qualquer de marrom e verde.

Por uma hora ou mais, eles caminharam pelo campo coberto de grama que ia até quase onde Louis conseguia enxergar. Mesmo com visitantes, aquele lugar era quieto – e chato, ele pensou.

Ele viu um grupo de crianças mais velhas, todas uniformizadas com camisas brancas e calças informais escuras. Uma delas segurava uma grande bandeira de Israel, que Louis reconheceu. Um menino de sua sala havia feito uma bandeira de Israel de papel.

No fim da longa estrada, depois da cabine de guarda, Louis viu uma estrutura de cimento gigante, que parecia uma tigela de ponta-cabeça e se apoiava em quatro pilares. Era engraçada, parecia um disco voador. Aquilo o deixou curioso.

– Não, eu vou lá sozinho – seu pai insistiu. Ele saiu andando.

Irritado, Louis observou o pai caminhar pela estrada, talvez para ser abduzido por alienígenas. Próximo ao disco voador havia uma construção de tijolos com uma torre alta – uma chaminé, talvez. Ele estava longe demais para saber.

– Por que a gente tá aqui? – perguntou Louis, enquanto ele e sua mãe aguardavam perto do carro estacionado.

– Os nazistas forçaram muitos judeus a ficarem neste lugar – ela disse.

Sua mãe costumava responder suas perguntas de forma direta. O pai, não. Às vezes o papai respondia como se soubesse muito mais do que fazia parecer.

– Por quê? – Louis disse finalmente.

– Os nazistas odiavam judeus.

Louis olhou em volta do enorme e silencioso campo. Aquele dia ensolarado estava calmo, sem vento. Perfeito para visitar um lugar ao ar livre.

E então ele se recordou. Uma seção do livro de rezas da Hagadá, no último Pessach, três semanas antes. A passagem falava sobre um garoto judeu que morrera em um campo na Segunda Guerra Mundial – um lugar bem parecido com aquele museu. O menino havia feito um comentário. Ele acreditava que a maioria das pessoas era boa.

– Muita gente morreu aqui?

A mãe de Louis o fitou, sem saber direito como responder.

– Sim – ela disse finalmente.

– Alguém da família do vovô morreu aqui? – ele perguntou.

– Achamos que não – ela respondeu. – Havia um outro campo como esse chamado Belzec. É perto da fronteira com a Rússia. Alguns devem ter morrido lá. Não sabemos ao certo.

Louis ficou em silêncio. Ele pensou em algumas das imagens que acabara de ver. Em duas das barracas havia fotografias e monitores de vídeo. Sob uma caixa de vidro havia uma Estrela de Davi de pano. Ao lado dela havia outro pedaço de pano, retangular, pequeno, com um número de cinco dígitos.

Na parede daquela barraca havia fotografias em preto e branco de homens e mulheres que gerenciavam o campo. Eles não pareciam muito gentis. Uma foto mostrava um homem amedrontador, com o cabelo muito bem penteado para trás, expondo sua testa grande. Seus olhos aterrorizantes olhavam de volta. O olho esquerdo parecia o de um peixe frito na panela. O direito era claro e penetrante, mas olhava para cima, como se não fosse real.

Louis fez mais uma vistoria em Majdanek. Como um atirador solitário do Faroeste americano, seu pai caminhava de volta do disco voador.

Louis finalmente entendeu. Seu avô fora sortudo. Muito. E ele também.

Capítulo 28

RIO DE JANEIRO, 1939

A ponte do navio finalmente desceu. Passageiros rudes e ansiosos distribuíam cotoveladas rumo à única e estreita saída – um último castigo antes de Lejzer e sua família finalmente terem permissão para pisar em solo brasileiro pela primeira vez.

Finalmente os Rozencwajgs tiveram sua chance. Lejzer bateu o pé algumas vezes na doca de concreto para ter certeza de que era sólida. Seis longas semanas de viagem estavam quase no fim. Os sapatos de Estera quase se desfizeram quando a família se arrastava em direção à alfândega. Frajda estava bocejando, sem dúvida, porque o ar quente a deixava sonolenta.

Assim que entraram na fila, a família teve mais uma longa espera. E então veio um sentimento estranho: depois de quase seis semanas no mar, eles haviam ficado bem acostumados a estar num navio que balançava de um lado a outro, exceto pelos momentos bem breves em que cruzavam uma doca para entrar em outro barco. Às vezes o balanço era forte, em outras era delicado. Muitas vezes eles nem notavam. Agora que estavam em terra firma, esperando na alfândega, a sensação de estarem parados deixava todos tontos. Lejzer teve dor de cabeça mais uma vez. Frajda estava sonolenta e ficava se encostando em Estera ou na mãe.

Passar pela alfândega demorou mais uma hora. Mais um teste de paciência. Finalmente, os quatro estavam livres. Passaram pelo portão, ainda com tontura. Uma multidão enorme de estranhos – alguns de pele clara, outros de pele escura, todos muitos diferentes – estavam aguardando para receber os recém-chegados.

Mas onde estava Srul? Lejzer observou sua mãe lançando olhar à multidão. Ele não estava lá e aquilo a deixou ansiosa.

– Táxi! – disse um homem. Ele analisou a família. Tauba congelou, sem conseguir entender.

– Táxi? – o homem disse. Ele acenou para que a família o seguisse. Tauba não se moveu e então chacoalhou a cabeça como quem dizia "não". O homem agarrou o braço de Lejzer, tentando insistir com que a família fosse com ele. Tauba agarrou o outro braço dele e por um momento foi como um cabo de guerra. E então Lejzer chutou o homem na canela e puxou o braço de volta. O homem gritou com eles; sem dúvida disse algo que não deveria ser repetido mesmo se eles tivessem entendido. Mas ele os deixou. Tauba pegou Lejzer e a família recuou para um canto.

A mãe de Lejzer ficou muito chateada. Ela fora extremamente paciente a viagem inteira; agora ela simplesmente explodira de emoção, chorando.

– Tauba! Aqui! – gritou uma voz em polonês.

Todos se viraram, até Frajda, que mal se lembrava do pai e parecia mais estar dormindo; de repente, ela despertou.

Lá estava ele, andando em direção a eles sem mancar uma vez sequer. Srul estava mais magro do que sua esposa e seus filhos lembravam – e seu rosto estava bronzeado! Mas ele tinha um sorriso grande e receptivo. Lejzer e Estera dispararam e quase atacaram o pai. Ele abraçou os dois e Frajda achou um espacinho também para um longo abraço.

Tauba esperou pacientemente, feliz em ver os filhos reunidos com o pai. Finalmente chegou a vez dela. Houve mais lágrimas, é claro.

– Tenho vindo aqui todos os dias há duas semanas – disse o pai de Lejzer. – Não sabiam quando vocês chegariam.

Lejzer observou os pais se abraçarem pelo que pareceu uns dez minutos. Nunca havia visto eles serem tão carinhosos um com o outro. Naquele momento, pelo menos, as coisas pareciam seguras. Haveria tanto para se conversar sobre toda a viagem e sobre como os últimos quatro anos haviam sido. Mas antes, assim esperava, eles iriam comer! Lejzer estava morrendo de fome, principalmente agora que estavam finalmente fora do navio e mais próximos de uma refeição de verdade. Ele não se importava sobre como era o Rio. A cidade devia ser ótima, mas podia esperar. Ele estava cansado, faminto e já eram nove da noite.

Srul deixou a família por um momento para ir buscar o carro. Ele o havia emprestado da tia. Sua nova casa, ele disse, era em Irajá, no subúrbio do Rio de Janeiro. Lejzer não se importava; desde que estivessem todos juntos e seguros, os cinco poderiam estar indo para os EUA ou para a Argentina. Ele olhou fixamente para um pedacinho do rico solo do Brasil. Em Piaski, o vovô Bron uma vez pegara um galho e desenhara um mapa mostrando onde a Polônia ficava na Europa. Depois ele desenhou a América do Sul e, entre os dois, o Oceano Atlântico – muita água. Finalmente, ele traçou um país que ocupava a maior parte do continente sul-americano.

– Esse é o Brasil – o velho dissera como se já houvesse estado lá. Mas, para o avô de Lejzer, esse estranho país não passava de uma coisa num formato engraçado desenhada na terra; o desenho havia durado por dias antes de a última chuva apagá-lo.

Lejzer não tinha ideia para onde ele e sua família iam. Esse novíssimo imigrante não sabia se seria feliz no Brasil ou não. Ele amava a Polônia e já sentia saudades dela. Mas, por motivos que não sabia explicar, sentia que seu velho lar seria apenas uma pequena parte no meio de toda a sua vida. Ele se perguntou, sinceramente, se um dia voltaria.

Capítulo 29

GDYNIA, 2004

Louis estava em pé em uma doca em Gdnyia, um dos locais mais ao norte da Polônia. Ele passou um tempo admirando a vista ensolarada e panorâmica do porto e do Mar Báltico. O lugar estava vazio. Até onde a vista alcançava, não era uma paisagem incrível. Era bonita, mas não incrível. Mas aquele lugar fora o último na Polônia que o vovô Lejzer havia visto, 65 anos antes. Será que aquela doca era a mesma de então? Talvez. Parecia ser o local certo de partida, algo lhe dizia.

Seus pais também apreciavam a vista. Os três haviam acabado de fazer a mesma rota de trem que vovô Lejzer e sua família haviam feito. Durante a jornada, eles falaram sobre aquela viagem histórica e tudo o que acontecera à família como consequência. Seus pais explicaram como a União Soviética, sob o comando de Josef Stalin e dos líderes que vieram depois dele, ocuparam a Polônia por quase 45 anos depois da Segunda Guerra Mundial. Eles só conseguiam fazer aquela viagem porque a Polônia era agora uma democracia.

Louis começou a compreender: se o bisavô Srul não tivesse quebrado o pé por causa da *van* há quase 70 anos, ele, Louis, não estaria ali agora. Tudo – o destino dele e de muitos outros – se resumiu àquele momento breve e misterioso. Fora um momento muito pequeno, em uma cidadezinha, que mudara todo o futuro de sua família. Ele ficou imaginando quantas pessoas não haviam tido a mesma chance.

– O futuro é muito frágil – sua mãe dissera no trem no dia anterior. Louis compreendeu. Realmente é frágil, como aquelas torres de blocos que ele gostava de derrubar. Se não fosse pelo bisavô Srul e seu dolorido sofrimento, o vovô Lejzer provavelmente teria morrido num campo como aquele que haviam visto em Lublin. Sua mãe não teria nascido. Ele não teria nascido.

Como o acidente do bisavô Srul havia acontecido? Será que a *van* estava numa subida? O freio não estava puxado? Como que ela foi passar por cima do pé dele? O incidente inteiro era muito estranho. Mas sua mãe havia explicado como um daqueles momentos estranhos, que acontecem às vezes na vida – como se, talvez, uma força invisível estivesse no comando. Sua mãe acreditava nessas coisas. E ele? Talvez. Talvez ele estivesse começando a acreditar. Qualquer que tivesse sido o motivo daquele acidente há tantos anos, pareceu um tanto estranho a Louis que toda sua existência fora determinada por um breve e misterioso momento.

No dia anterior, no trem, ele e seus pais haviam conversado sobre como há vários eventos que ocorrem na vida e que determinam nosso futuro. Talvez, o garoto pensou, certos momentos acontecem quando devem acontecer – mesmo que pareçam estranhos e improváveis. Então, talvez, não se deva questioná-los.

– Só Deus sabe – sua mãe havia dito no trem.

Ok, pode ser. Talvez fosse a Deus que Louis devesse agradecer. "É claro" é o que muitos diriam. Mas ele nunca pensava nessas coisas. Aquilo também estava mudando.

Já era tarde. Logo chegaria a hora do jantar e então eles iriam embora da Polônia. No dia seguinte voltariam a Nova Jersey. História ainda era uma coisa meio chata, Louis pensou, mas ela tinha seus momentos – momentos importantes que ele apreciava. Até ele teve de admitir que estava grato.

Imagens da História

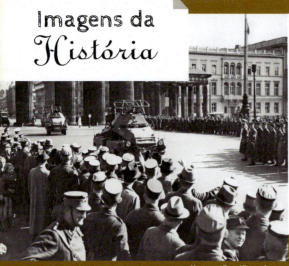

A Alemanha nazista, ou Terceiro Reich (1933-1945), foi o símbolo de um período extremamente trágico da história mundial. Nessa época, a Alemanha era liderada por Adolf Hitler e pelo regime nazista instaurado por ele, ou seja, o governo era o responsável por controlar todas as esferas da vida do cidadão. Após a Primeira Guerra Mundial, a Alemanha estava em declínio e Hitler acreditava que apenas a raça ariana – considerada pura por ele – seria capaz de recuperar o país. Assim, milhões de pessoas, entre judeus, ciganos, homossexuais, comunistas, entre outros grupos, foram perseguidos no Holocausto e exterminados em um dos maiores crimes contra a humanidade.

Multidão nas ruas em Berlim, Alemanha, 1939.

ULLSTEIN BILD/GETTY IMAGES

O nazismo foi um dos propulsores da Segunda Guerra Mundial, que também culminou na morte de milhões de pessoas. Cidades foram destruídas, e o número de refugiados da guerra, da destruição e perseguição também foi enorme. Os locais em que houve mais combates são os que tiveram maior número de emigrantes, como a Polônia, Londres e o Leste Europeu, por exemplo. Os poloneses, especificamente, emigraram durante todo o período da guerra, e estima-se que apenas em 1939, início da guerra, mais de 300 mil poloneses fugiram dos nazistas.

Refugiados da União Soviética durante a Segunda Guerra Mundial, 1943.

AKG-IMAGES/ALBUM/LATINSTOCK

FOLHAPRESS

Imigração e emigração são termos usados para a movimentação de pessoas que saem de seu país de origem e buscam fixar residência e trabalho em outros países. Geralmente, as pessoas que migram estão em busca de melhorias de vida ou fogem de zonas de conflito e perseguição. As condições que os imigrantes enfrentavam (e possivelmente ainda enfrentam) para cruzarem as fronteiras e chegarem ao seu destino eram e são degradantes. A fome, o medo, as doenças e a morte são questões recorrentes para eles.

Navio com imigrantes europeus no porto de Santos, SP, 1948.

Aqui no Brasil, refugiados de diversos países foram abrigados, entre eles: Alemanha, Espanha, Polônia, Ucrânia e Iugoslávia, por exemplo. Já na guerra, mesmo que estivéssemos vivendo um regime ditatorial que se assemelhava ao fascismo (Getúlio Vargas), o nosso país não conseguia ser autônomo, pois não tinha condições em diversos âmbitos, como educação, saúde e indústria para garantir sua sustentação durante os combates. Sendo assim, aceitou a proposta de construção da Companhia Siderúrgica Nacional feita pelos Estados Unidos, e acabou aliando-se ao país na batalha.

Capa do jornal *Diário da Noite*, de 31 de março de 1944.

Arquivo/DAPress

Inúmeros monumentos e museus foram criados para relembrar o período histórico da Segunda Guerra Mundial e do nazismo. O monumento à Insurreição de Varsóvia, tem como objetivo relembrar os que lutaram para liberar a cidade do domínio nazista, que resultou na morte de milhares de pessoas e grandes destruições.

Monumento da Insurreição de Varsóvia. Varsóvia, Polônia, 2015.

KAVALENKAU/SHUTTERSTOCK.COM

Há também museus que relembram esse período em diversos outros países, incluindo o Brasil. Na Polônia, o Museu do Holocausto é um dos mais conhecidos, pois se localiza em Auschwitz, o maior núcleo de campos de concentração criado pelos nazistas (local onde os presos viviam em condições precárias, eram obrigados a trabalhar e também executados). No museu, o local permanece preservado, mas não foi restaurado. Os visitantes podem entrar em contato com a triste realidade das pessoas que viveram ou perderam a vida na época do nazismo.

Exibição das roupas dos prisioneiros de Auschwitz, no Museu do Holocausto. Polônia, 2013.

GARY YIM/SHUTTERSTOCK.COM

Beti Rozen e Peter Hays

Sou Beti Rozen, escritora brasileira, nascida no Rio de Janeiro. Atualmente vivo nos Estados Unidos. Meus trabalhos (contos infantis e poesias) foram publicados em diversas antologias na Europa e no Brasil, e em revistas para crianças em Israel e na China. O conto *Robinho, o robozinho* venceu o concurso literário Piensieri & Parole, da Associação Cultural Internacional Mandala, na Itália; e o conto *Sem Palavras* foi vencedor de outro concurso literário promovido pelo Consulado do Brasil em Boston. Recentemente, recebi o Brazilian International Press Award de Literatura e Cultura, nos Estados Unidos.

Sou Peter Hays, dramaturgo e escritor norte-americano com várias produções em meu país natal e tenho uma vasta experiência na área teatral. Recebi bolsa de estudos em Dramaturgia do New Jersey State Council of the Arts, e sou pós-graduado pela Tisch School of the Arts da New York University.

Nós temos diversos livros infantojuvenis editados nos Estados Unidos, Brasil e Colômbia, incluindo *Dois continentes, quatro gerações*, que também está disponível em inglês e espanhol. Este livro foi inspirado nas entrevistas feitas com Ester, irmã mais velha do pai de Beti, que deixou a Polônia rumo ao Brasil em 1939.

Julia Back

Me chamo Julia Back e hoje vivo um sonho de infância na Ilha de Florianópolis: passar a maior parte do meu dia dentro de um estúdio criativo. Desde que me formei em Design Gráfico pela UFSC, em 2010, trabalho principalmente como ilustradora. Meu estúdio fica em um pequeno prédio, em um pequeno andar, que divido com dois grandes amigos.

Cada novo projeto é o que faz meu mundo girar. Gosto sempre de lembrar que ele, o mundo, é do tamanho daquilo que conhecemos. Com *Dois continentes, quatro gerações* pude ir um pouco além, acredito que você também vá. Não foi difícil sentir a atmosfera da história, a ligação profunda entre as pessoas de uma família e, especialmente, as semelhanças e particularidades de garotos que cresceram em tempos e pedaços de terra diferentes. Representar tudo isso através de ilustrações exigiu pesquisa, muitos rascunhos, escolher cores estrategicamente, encher a roupa com poeira de borracha e, depois, manipular muitos *pixels* (trabalhei bastante digitalmente!). Ou seja, uma verdadeira imersão com o fim de engrandecer a experiência do leitor. Espero que tenham gostado também.

Este livro foi composto com a família tipográfica
Chaparral Pro, para a Editora do Brasil, em abril de 2016.